Le témoin

De la même auteure

Boys, boys, boys, Gallimard, 2005.
Du bruit, Gallimard, 2007.
14 Femmes. Pour un féminisme pragmatique (en collaboration avec Gaëlle Bantegnie, Yamina Benahmed Daho et Stéphanie Vincent), Gallimard, 2007.
Gros œuvre, Gallimard, 2009.
Femmes et Sport (ouvrage collectif dirigé avec Maylis de Kerangal), Hélium, 2009.
Parce que ça nous plaît. L'invention de la jeunesse (avec François Bégaudeau), Larousse, 2010.
Paris Gare du Nord, Gallimard, coll. « L'Arbalète », 2011.
Comme une bête, Gallimard, 2012.
Lit national (avec Frédéric Lecloux), Le Bec en l'air, 2013.
La peau de l'ours, Gallimard, 2014.
L'Inhabitable, Gallimard, coll. « L'Arbalète », 2016.
Sciences de la vie, Seuil, 2017.
À la folie, Flammarion, 2021.
Seyvoz (avec Maylis de Kerangal), Inculte, 2022.

Joy Sorman

Le témoin

roman

Flammarion

Pour l'écriture de ce livre, l'auteure a bénéficié d'une aide
du Centre national du livre.

ISBN : 978-2-0804-1903-3

Sur le parvis du palais de justice cinglé par un vent de nord-est, la frêle silhouette de Bart se fond dans le gris minéral de la dalle, le gris bitumé d'un ciel bas.

Bart lui-même a la mine grisâtre, émergeant d'une veste croisée, un imperméable à la saignée du coude, une épaisse mallette en cuir à la main, de celles, profondes et à soufflet, que les médecins de campagne trimballent dans les films et les romans. Il passe inaperçu au milieu des pigeons biset – il pourrait être l'un d'eux, oiseau des villes, ou un ramier, une palombe – quand on devrait pourtant s'arrêter sur cette allure intempestive, cet homme à l'air soigné, le petit crâne ovale planté de cheveux ramenés en arrière, qui se tient raide dans les bourrasques, s'attardant sur la vaste esplanade, indifférent à l'agitation – on entre et on sort du tribunal par brassées, on presse le pas, on relève son col, on file le nez au sol.

Bart s'est immobilisé pour admirer le monument récemment inauguré, deuxième plus haut bâtiment de la ville croit-il savoir, compte les quatre blocs superposés, trente-huit étages en effet, surmontés de terrasses arborées, un hectare planté dans le ciel, apprécie les reflets mercure des façades vitrées, les teintes acier et les panneaux solaires fichés à l'aplomb de la tour, qui lui donnent un air de station spatiale.

La tête lui tourne à force de scruter les hauteurs, le vent fouette, alors Bart se décide enfin à entrer, à pénétrer dans le palais, un vaisseau. Il s'engage sous l'auvent, jette un œil circonspect aux drapeaux – national et européen –, passe les tourniquets, fait maintenant la queue au contrôle de sécurité.

Ça bouchonne et ça piétine, certains s'en irritent, ils ont une audience, le font savoir bruyamment, interpellent les agents de sécurité, mais il faut ouvrir les sacs, défaire les ceintures, ôter parfois les chaussures, scanner les bagages ; Bart laisse passer un jeune impatient qui le talonne, puis vient son tour de déposer sa montre dans une barquette, sa mallette sur le tapis roulant. Les rayons X révèlent alors, sans attirer cependant l'attention de l'opérateur de sûreté devant son écran, les contours et les ombres d'un nécessaire de toilette, d'une gourde, d'un caleçon, d'un cintre et d'une lampe frontale.

Bart a donc ouvert la porte de son studio pour la dernière fois, puis d'un mouvement panoptique du regard a considéré les lieux, quinze ans d'une vie dans trente mètres carrés, une vie modeste et frugale, confortable cependant, mais sans le superflu qui agrémente le plus souvent notre quotidien – ici ni bibelots ni tableaux. Les choses matérielles lui sont pour la plupart indifférentes et partir n'a pas été si difficile – il est de ces hommes qui s'encombrent peu et considèrent la propriété comme un état provisoire, non comme un dû.

Il a quitté son appartement sans regrets, peut-être un poinçon d'inquiétude près du cœur, mais avait aimé y vivre toutes ces années, avait soigneusement entretenu son espace, et a regardé avec satisfaction et soulagement les murs couleur coquille d'œuf, la crassula aux feuilles vernies, le vase vide dont il avait oublié la provenance, son canapé-lit en velours rouge et la table de ferme de sa grand-mère. Au moment de partir, il s'est arrêté sur chaque détail d'un décor devenu trop familier, car il n'emporterait rien, ou si peu. Tout devait tenir dans sa mallette, il ne saurait apparaître flanqué d'une valise, d'ailleurs il n'en avait pas, et son vieux sac de toile élimée lui avait semblé inadéquat, suspect.

Il n'a pas prévenu le propriétaire de son départ inopiné, ni la gardienne de l'immeuble, ni la caissière de la supérette qui connaît ses habitudes, les barquettes de plats en sauce à réchauffer au micro-ondes, les sachets de pistaches et le café au lait lyophilisé. Il a hésité à laisser un mot, rassurant mais ferme, à l'attention de son neveu, afin qu'il ne le cherche pas. Ils se voyaient une fois chaque trimestre, par habitude – quelques heures à deviser de l'actualité, du reste de la famille dispersée et de choses sans importance – et ne se manqueraient pas, même si Bart lui glissait toujours un billet de cinquante euros dans la poche en partant.

Il a vidé son frigo – il ne restait qu'une part de taboulé – puis dans le placard au-dessus de l'évier a attrapé la dizaine de sachets de fruits secs qu'il avait toujours en stock et l'a jetée au fond de sa mallette ; ça y est, il avait commencé à faire son bagage.

Il s'agissait de prendre le strict nécessaire, du linge de rechange, des affaires de toilette, suffisamment pour garder bonne allure et ne pas avoir froid, puis un petit matériel de camping, juste de quoi se repérer dans l'obscurité, rester à couvert.

Et de l'argent bien sûr, en liquide, une partie de ses économies retirées au guichet de la banque, une partie seulement pour ne pas attirer l'attention.

Bart a organisé soigneusement le contenu de son bagage, objets emballés, vêtements pliés, abandonnant dans la penderie ses gilets et son deuxième costume. La mallette était presque pleine, encore de la place pour une chose ou deux, Bart a pris sa plus belle cravate, et maintenant que le nécessaire était assuré, s'est demandé s'il devait y ajouter du superflu, a passé en revue ses menues possessions : le petit cadre de cuir contenant une photo de mariage de ses parents, mais à quoi bon la nostalgie, l'étui à cigarettes que son neveu lui avait offert, mais à quoi bon puisqu'il ne pourrait plus fumer sa clope quotidienne, sa boîte de médicaments contre les maux de ventre, mais ils avaient toujours été inefficaces.

Il y avait bien sa radio. Tout ce qu'il savait il l'avait appris de ce poste Philips à piles. Bart ne lisait pas les journaux, ne regardait pas la télévision et consultait Internet dans un cadre strictement professionnel. La radio était largement suffisante pour s'informer et les voix transmises par modulation de fréquence lui semblaient bien plus proches, chaleureuses et humaines, bien plus plaisantes à écouter que celles transportées par les signaux numériques de la télédiffusion. Bart ne séparait pas l'éloquence du timbre de la voix et, en la matière, la radio était sans égale.

Il a allumé le poste, un journaliste parlait de la guerre en Ukraine, d'un orchestre qui continuait à jouer malgré les bombardements, il a éteint et hésité à mettre la petite radio dans la mallette, elle n'était pas encombrante, puis l'a reposée : il ne pourrait pas l'écouter, au risque de se faire repérer et, là où il allait, son attention serait autrement requise. De même, il s'est arrêté devant l'étagère qui contenait quelques livres, essentiellement des romans classiques lus plusieurs fois, la biographie d'un astronaute, un essai sur l'intelligence des animaux, mais pour les mêmes raisons il a renoncé, la vie serait désormais pleine d'histoires qui lui seraient racontées en direct, par les protagonistes eux-mêmes, ses facultés de concentration et d'écoute largement sollicitées par d'autres récits.

Alors ce serait tout, il a fermé la mallette, l'a déposée devant la porte et, avant de partir, a voulu accomplir, sans mélancolie mais avec entrain, les derniers gestes du quotidien qui, voués à disparaître de sa vie domestique, en devenaient désirables. Il a donc passé une dernière fois l'aspirateur, épousseté les feuilles de la crassula et ciré ses chaussures. Il n'a pas coupé l'électricité, mais l'eau sous l'évier, a débranché le téléphone pour que ne sonnent pas dans le vide les appels des téléconseillers et des démarcheurs en double vitrage. Tout fut bientôt en ordre, Bart a enfilé son imperméable, attrapé son bagage, descendu les quatre étages d'un pas inhabituellement léger, laissant les clés à l'intérieur.

Il restait trois cents mètres à parcourir jusqu'à l'arrêt de bus et Bart savait qu'il la croiserait sur le chemin, elle se tenait le plus souvent devant le Super U, ou assise juste à côté, sur les marches des bains-douches municipaux, sédentarisée dans cette portion de rue commerçante depuis une dizaine d'années, haranguant les passants sans conviction, d'une voix faible malgré son allure d'ogresse. Bart lui donnait parfois quelques pièces, elle répondait d'un sourire puis se remettait à marmonner pour elle-même. Il l'a aperçue de loin, sa silhouette imposante, sa main tendue vers les bonnes volontés, a accéléré tout en fouillant dans la poche de sa veste, s'est porté à sa hauteur, l'a saluée à la hâte, j'ai quelque chose pour vous, et d'autorité a placé dans sa large paume un paquet de cigarettes entamé, le briquet Dupont plaqué or hérité de sa mère, et sa carte d'identité – faites-en ce que vous voulez.

L'instant d'après Bart avait disparu, laissant la femme stupéfaite, son pas encore un peu plus allégé, son existence en voie d'escamotage.

Car c'était une fugue, une évasion, une disparition volontaire puisqu'on avait voulu l'effacer ; il se retirait de sa propre initiative, programmant sa relégation. Banni, il choisissait son exil, c'était sa revanche.

Une heure plus tard, la fine silhouette de Bart se perd dans l'immense salle des pas perdus du palais, six mille mètres carrés de pierre polie, l'imposant vestibule de la justice. Il a quitté son appartement et la ville, et se tient maintenant entre la vie ordinaire au-dehors et l'espace-temps singulier du tribunal, qu'il s'était figuré jusque-là comme une zone retranchée, une boîte noire, imaginant des heures suspendues, à l'écart de l'écoulement habituel des jours, où l'on s'enferme pour débattre et délibérer. Mais, et cela l'étonne, l'espace, vertigineux, ressemble davantage à un hall d'aéroport, à un *mall* ultramoderne, au siège d'une multinationale, d'une riche fondation ou d'une banque, baigné de lumière, maillé d'escalators qui se croisent sur plusieurs niveaux.

Bart cherche un endroit où s'asseoir, pour prendre le temps d'observer et la mesure des lieux, s'acclimater un peu. Au centre de cet atrium géant sont disposés quelques bancs, attenants au bureau d'information, une cage de verre devant laquelle on patiente dans un silence respectueux. Bart a pris place sous l'écran indiquant la liste des audiences du jour, les chambres et les salles, les horaires. Ses yeux s'arrêtent sur la 23e chambre : comparutions immédiates ; il imagine aussitôt des hommes appréhendés, jetés à l'arrière d'une fourgonnette de police et emmenés au tribunal, pour immédiatement comparaître.

Son regard balaye maintenant le hall, qui se peuple par vagues, de familles anxieuses, de grappes d'hommes fiévreux, jeunes et efflanqués – mêmes peaux, mêmes survêtements étroits, mêmes sacoches plaquées contre les reins –, de femmes seules et fatiguées, d'avocats enfilant leur robe ou tenant conciliabule avec leurs clients, de prévenus et de victimes qui attendent, déambulent, piétinent, cherchent leur chemin, de badauds aussi, puis de collégiens gloussant venus en journée pédagogique, de flics bardés, de magistrats et de fonctionnaires qu'on suppose affectés à la bonne marche administrative de l'édifice comme des procédures.

Le hall se remplit et quelque chose dans l'air, étrangement ouaté, frappe Bart ; il émane de cette assemblée, nombreuse et en mouvement, une forme inattendue de précaution et de retenue, tous les sons lui parviennent amortis, comme absorbés par un buvard, malgré la hauteur de cathédrale. Plutôt qu'à un *mall*, il songe maintenant à un hôpital, même si l'image lui semble incongrue, car ici on châtie davantage qu'on ne soigne ; mais il est vrai que, comme à l'hôpital, on y entre le plus souvent contre son gré, faible et inquiet. Accusé, victime ou patient, c'est le même statut, friable, diminué, le même destin incertain.

Mais si Bart est là aujourd'hui ce n'est sur aucune injonction, suite à aucune convocation, à aucune obligation à comparaître, il a tout son temps, sa mallette contient le nécessaire pour vivre, pour vivre une vie expérimentale et, avant toutes choses, maintenant que son corps s'est accommodé aux lieux, il boirait bien un café.

La modestie de la cafétéria tranche avec le gigantisme de la salle des pas perdus, quelques tables et chaises en PVC, un comptoir, un percolateur, des sandwichs avachis sous cellophane et une femme en blouse – un prénom sur un badge, une charlotte sur une boule de cheveux. Bart commande un crème d'une voix enterrée, très blanc si possible, et un biscuit au gingembre, qu'il attrape au fond du bocal posé sur le comptoir. Il va s'asseoir, commence d'émietter la moitié du gâteau à la surface du liquide huileux, touille puis y trempe l'autre moitié, qu'il aspire, boit enfin le café épaissi à petites gorgées méticuleuses, le regard toujours bas mais l'air rasséréné, son teint blême rosit discrètement, son œil gris s'allume, il a meilleure mine, avale la dernière gorgée en se levant, chasse les miettes échouées sur son costume, ajuste son nœud de cravate, d'une main saisit la sacoche, de l'autre le plateau qu'il dépose sur le comptoir, puis revient à l'écran d'accueil vérifier le numéro de la salle où siège la 23e chambre – on va pouvoir y aller.

Bart emprunte l'escalator jusqu'au quatrième étage, avec une légère appréhension dont il n'identifie pas l'objet, le caractère inédit de la situation sans doute, la 23e chambre siège dans la salle d'audience 4.32, il est treize heures vingt, le public entre, filtré par un jeune policier qui vérifie les portables en grommelant – Bart ne répond ni à son coup de menton ni à ses onomatopées, il n'a pas de téléphone, s'installe tout de suite en entrant au fond, ce sont les mêmes bancs au design moderne et inconfortable que ceux de la salle des pas perdus, il ouvre un bouton de sa veste, rabat machinalement ses cheveux en arrière, ses yeux panotent, la pièce, fastueuse, est grande et haute – murs blancs, bois clair, lumière naturelle –, tenant chacun à bonne distance, juges, prévenus, avocats, public.

Un brouhaha s'est levé, de ceux qui précèdent au théâtre le début de la représentation, les avocats s'agitent, traversent l'espace à grandes enjambées, dossiers sous le bras, s'entretiennent avec leurs clients, vont et viennent, la lourde porte ne cessant de claquer bruyamment, tandis que dans le public, nombreux, on chuchote, on retient ses gestes, on cherche une position adéquate sur ces bancs trop raides, puis une sonnerie retentit, interrompant les remous, on fait alors silence, la voix de l'huissier tonne, veuillez vous lever, le juge et ses assesseurs entrent en scène, trois hommes pâles et grisonnants, en robe et en file indienne, prennent place sur l'estrade, l'audience est ouverte, vous pouvez vous asseoir. Bart pivote vers le box, on vient d'y faire apparaître les accusés, cinq hommes arabes alignés, derrière lesquels se tiennent trois policiers, arabes également quoique plus jeunes.

Maintenant que les parties sont installées, Bart relève l'irréprochable symétrie de la salle d'audience : chaque protagoniste à sa place dans une chorégraphie collective – une fois l'audience débutée, Bart identifiera bien vite leurs rôles à la manière dont ils s'adressent les uns aux autres, le président siégeant au milieu de ses deux assesseurs, la greffière et le procureur assis à équidistance des juges, et au même niveau sur l'estrade. Le fauteuil du président, au dossier le plus haut, est placé face à la barre et également à équidistance des avocats de la partie civile et de ceux de la défense. Et il y a cet espace vacant entre la barre et le juge, à la fois point d'équilibre et surface inoccupée que personne ne semble vouloir traverser, le lieu de la loi peut-être, un trou autour duquel auront lieu les échanges, tourneront les interprètes, et dans lequel tomberont finalement les accusés, avalés, c'est déjà ce qu'imagine Bart.

L'huissier, à l'allure de catcheur sous la robe noire – doigts sertis de bagues à tête de mort, nuque épaisse, crâne à blanc –, tend le premier dossier de la journée au président, une affaire banale, un vol de téléphone portable survenu aux fêtes des vendanges, en flagrant délit. Le juge rappelle la règle en comparution immédiate, qu'il s'agit de juger rapidement mais pas immédiatement, dans les vingt-quatre ou quarante-huit heures suivant l'arrestation. Le prévenu a été déféré du commissariat au dépôt du tribunal correctionnel, il y est resté jusqu'à l'audience et le voilà, dix-neuf ans, SDF, hagard et dépenaillé, accompagné d'un traducteur, que le président juge immédiatement de confort si ce n'est de complaisance – vous semblez très bien comprendre le français.

Êtes-vous en situation régulière sur le territoire national ? Non bien sûr, vous ne l'êtes pas. Le juge fait les questions et les réponses, le prévenu n'a pas le temps de réagir, et d'ailleurs Bart entendra à peine le son de sa voix, tout va très vite, le rappel des faits, le prévenu qui les reconnaît d'un mot, et l'affaire est mise en délibéré quelques minutes plus tard ; entre-temps le procureur aura requis cinq mois ferme en raison de la récidive, l'avocat aura plaidé sans un regard du président déjà absorbé dans le dossier suivant – si mon client a volé un téléphone c'était pour appeler ses parents en Algérie, il a travaillé quinze jours dans un snack à Compiègne, a fait une demande de régularisation, la société ne se portera pas mieux en le condamnant à de la prison ferme comme semble le croire monsieur le procureur, en prison il deviendrait une recrue pour des trafics en tous genres, il a plutôt besoin d'un encadrement à l'extérieur –, et le prévenu aura prononcé les derniers mots dans un français hésitant, je regrette, je vais plus faire ça, c'est la dernière chance, je vais plus faire ça.

C'est la première affaire de la journée, Bart s'étonne du caractère expéditif de son traitement, de l'air déjà exaspéré du président, tassé dans son fauteuil – vautré est le mot qui lui vient à l'esprit –, sans doute est-il de méchante humeur, peut-être mécontent de son sort, même s'il se tient du bon côté de la barre. Et l'étonnement de Bart sera redoublé quand, dans quelques heures, il apprendra que le prévenu a pris sept mois de prison ferme, au-delà donc des cinq mois requis par le procureur.

Quand le SDF de dix-neuf ans est emmené un autre prend immédiatement sa place, sans temps mort, déclinant son identité, nom, date et lieu de naissance, adresse et nationalité, un homme algérien de cinquante-trois ans cette fois, l'âge de Bart, mais qui a l'air d'en avoir dix de plus, perdu dans des vêtements trop larges et froissés, gérant d'un débit de boissons, titulaire d'une carte de séjour renouvelée tous les dix ans depuis trente ans, et percevant un revenu moyen de neuf cents euros par mois apprend-on. L'homme est accusé d'avoir porté des coups de couteau à un jeune client de son bar.

Monsieur, voulez-vous être jugé maintenant ou souhaitez-vous un délai pour préparer votre défense ? Ce délai est de droit. Le prévenu cherche l'avocat des yeux, reçoit une instruction silencieuse et répond – oui jugé maintenant monsieur le président.

Il se défend maladroitement en arguant qu'il a toujours un couteau sur lui, son avocat vient en renfort, le bar de l'accusé se trouverait dans le pire endroit de France, le 19e arrondissement de Paris, et les toxicomanes y déferleraient chaque nuit. Le ministère public demande un simple contrôle judiciaire, le casier du prévenu étant vierge. Le *procès* a pris quelques minutes, pour une affaire qui ressemble certainement à beaucoup d'autres, sans difficultés ni incertitudes.

Au suivant ! Le greffier a déjà déposé le prochain dossier devant les juges et paraît maintenant un homme aux yeux lourds, à la mine résignée et prématurément vieillie, accusé de vol avec violences et dégradations de matériel, qui a déjà vécu quarante ans dont dix-sept en prison, condamné à trente reprises, et cette fois a volé une carte de transport dans un guichet du métro parisien à cinq heures du matin, sous l'œil d'une caméra de surveillance. Il cherchait de l'argent pour rembourser une dette à son dealeur.

On lui donne la parole, les mots se précipitent, j'ai un passé de toxico, je prends du crack, je suis français, je vis chez mes parents, je suis célibataire, je travaille un peu en intérim, je souffre de troubles de la personnalité, je suis bipolaire, j'ai un traitement médical.

Votre sœur dit que vous êtes problématique.

Problématique en quel sens ? Il n'y a qu'un seul problème monsieur le président, c'est le crack.

Le président du tribunal semble prêt à consacrer une ou deux minutes supplémentaires à cette affaire, alors la sœur, présente dans la salle, qui travaille dans la finance et a suivi des études de droit, peut témoigner pour dire son empathie et son inquiétude, que son frère n'est pas violent et qu'elle le plaint.

Puis, sans attendre et transition aucune, la parole est donnée au procureur, qui se lève pour ses réquisitions, je ne serai pas long, monsieur ne respecte pas ses obligations, ne se présente pas aux convocations, n'a pas exécuté son travail d'intérêt général, se dissimule derrière ses troubles bipolaires, et, se tournant vers le prévenu – reprenez votre vie en main monsieur –, demande quatre mois ferme et une obligation de soins ; ce que va contester l'avocat commis d'office, trentenaire véloce, chaussures pointues et pantalon slim dépassant de la robe. Il dégage ses manches, la mèche devant ses yeux, et déroule ses arguments à toute vitesse, une famille qui demande une mise sous tutelle et la prison qui ne servirait à rien : enfermé, mon client continuerait à se droguer, nous le savons tous, il y a déjà passé dix-sept ans de sa vie, preuve que cette peine n'est pas dissuasive.

L'audience n'en est qu'au début mais Bart note déjà, de part et d'autre du président et son air toujours agacé, un assesseur somnolent qui a fermé les yeux tandis que l'autre affecte un air hautain et blasé, mais peut-être pense-t-il à autre chose.

Le prévenu est condamné à dix-huit mois de prison quand le ministère public avait requis quatre mois. L'homme se raidit dans le box, vous êtes sérieux là ? Dix-huit mois pour une carte de transport ? Ça fait rire l'assesseur qui s'était assoupi, le président balaye sa réaction d'un geste de la main, un policier emmène l'homme défait, sidéré, en le tirant doucement par la manche, et Bart, peu coutumier de cette violence, a le sentiment, fugace mais explicite, d'être le spectateur passif d'une bavure, d'un lynchage – le mot est sans doute trop fort mais il cherche en vain le terme exact correspondant à cette sensation qu'il n'a pas le temps de fixer, et sur laquelle il ne peut s'attarder car l'affaire suivante est annoncée.

Le prochain jeune homme parcourt l'assemblée d'un regard incrédule, avec l'air de ceux qui ne savent pas ce qu'on leur veut. Bart croise un instant les yeux du prévenu, se détourne aussitôt, ne voudrait pas passer pour un voyeur, un reluqueur de coupables, ce n'est pas ce qu'il est venu faire ici.

À la sortie d'un bar à trois heures du matin, une bagarre a éclaté entre lui, qui aurait agressé sexuellement une jeune femme, et son compagnon, qui aurait riposté. Par la voix d'un traducteur, le prévenu nie, soutient qu'il a été passé à tabac sans raison, ne se souvient pas avoir blessé l'homme avec un tesson de bouteille, qu'il avait peut-être saisi machinalement pour se défendre. La jeune fille se présente, raconte une main insistante et fouineuse, des doigts pressants et mauvais, on l'écoute avec une attention inédite, d'une qualité réservée aux victimes. Le prévenu, à qui on a reconnu vingt et un jours d'incapacité temporaire de travail, ne suscitera pour sa part aucune compassion, l'avocat plaidant, sans convaincre, que son client n'a même pas porté plainte pour cette épaule déboîtée, et le président relevant avec rudesse la présence de cocaïne et de cannabis dans son urine, comme un désaveu de son ITT, de sa légitimité. Peu importe qu'il travaille de temps à autre sur des marchés ou des chantiers, l'homme a contre lui d'avoir déjà été condamné pour vol et vente à la sauvette, et d'être privé de papiers.

Le juge, exaspéré par les dénégations des accusés, l'agitation du public – les familles mal assises sur ces bancs raides attendent que leur frère, père ou neveu passe devant la justice et commencent déjà à s'impatienter – et la nature même de ceux qui se tiennent dans cette salle d'audience, semble ne plus supporter aucun débat sur la culpabilité du prévenu et ne cache pas son irritation devant le rapport de l'expert psychiatre concluant à une altération du discernement sous l'emprise de l'alcool : pardon, mais je crois plutôt que la consommation d'alcool et de psychotropes constitue des circonstances aggravantes et non un motif d'altération de la conscience.

L'avocat tentera de soutenir un point de vue contraire dans l'indifférence générale et la cour préférera écouter l'avocate des parties civiles insistant sur le fait que la victime de cet attouchement sera traumatisée à vie et que les faits sont d'une extrême gravité, que sa cliente fait semblant d'aller bien devant vous monsieur le président, messieurs du tribunal, mais qu'en réalité elle est dans un état tout à fait délabré. Son compagnon sera également traumatisé à vie par sa cicatrice et je demande dix mille euros pour les souffrances endurées.

Le procureur se glisse dans la trace, tonnant que madame a eu la main de monsieur dans son sillon interfessier, donc presque dans l'anus, même si c'est à travers les vêtements. La victime, son compagnon en l'occurrence, a voulu se faire justice elle-même, on ne la félicite pas mais on ne l'accable pas non plus, j'ajouterai un délit de consommation de stupéfiants et demande une peine de quatorze mois avec mandat de dépôt et révocation du sursis de deux mois pour vol, soit seize mois, ainsi qu'une interdiction du territoire français pendant trois ans car monsieur a rompu le contrat social.

Quand l'avocat du prévenu se lève pour plaider, chaussé d'imposantes baskets blanches contrastant avec sa robe noire, Bart sent la lassitude poindre derrière l'emphase : vous savez très bien qu'on ne traite pas les agressions sexuelles en comparution immédiate, en public, et que si mon client avait en effet rentré ses doigts dans le fessier de madame on ne serait pas ici en correctionnelle mais aux assises pour viol. Je rappelle par ailleurs que ce n'est pas la douleur des victimes qui fonde le droit pénal.

Bart commence à mollir, il a ôté sa veste, dénoué sa cravate, c'est son premier jour, il faut se faire au rythme des comparutions, s'habituer à la violence feutrée de l'audience, comprendre les rouages et méandres de la machine, ce n'est pas tant sa patience qui est mise à l'épreuve, car patient, constant, endurant il le sera, que son tempérament sérieux et appliqué ; il lui semble qu'ici la besogne est expédiée, l'ouvrage bâclé, et c'est avec circonspection qu'il voit maintenant entrer dans le box trois hommes noirs nés en Seine-Saint-Denis – le premier en chemise sur veste, le deuxième en t-shirt rouge, le dernier en blouson. L'un est accusé d'avoir proféré des menaces de mort avec un couteau, mimant un signe d'égorgement en direction de la victime, un autre de vol de sac à main et vêtements de luxe, le troisième de violences pour avoir dégradé un scooter.

Leurs cas seront jugés de nouveau en quelques minutes et l'inépuisable litanie de la misère continue, déversant à présent un homme en fauteuil roulant accusé d'avoir menacé – je vais te tuer sur Allah – un autre, valide, pointant sa ceinture vers la victime, et qui aurait donné des gifles et des coups de poing – le juge n'étant pas sensible à la faible dangerosité que semble représenter un homme en fauteuil roulant –, puis un autre qui répond nonchalamment aux questions par des *ouais* las plutôt que des *oui* clairs et se fait morigéner par la cour pour avoir pris un taxi sans payer et porté un coup à la tête du chauffeur en état de récidive légale pour les mêmes faits.

Monsieur, le tribunal, après en avoir délibéré, vous déclare coupable des faits qui vous sont reprochés et en répression vous condamne à une peine de six mois de prison dont quatre assortis du sursis. À cela s'ajoutent une obligation de soins et un dédommagement de six mille euros pour la partie civile. Vous avez compris ? Le vague hochement de tête du prévenu ahuri semble une réponse suffisante pour la cour, bien, au revoir monsieur.

Puis les autres décisions tombent très vite, à peine audibles par des prévenus aussitôt emmenés, et avec peu d'égards s'ils protestent.

Bart avait imaginé un peu de solennité pour ces hommes sortant de garde à vue, mais rien de cérémonieux ici, c'est mécanique, routinier et torve comme l'est une procédure bureaucratique.

L'un sort, un autre entre, à un rythme de plus en plus soutenu, indexé sur l'exaspération des magistrats, c'est un défilé vertigineux, Bart fatigue, et à présent, pourvu que ce soit le dernier, un policier introduit un homme, des hommes toujours, qui déclare vivre en foyer, a besoin d'un interprète, est accusé de trafic de cigarettes, un pauvre gars à qui on reproche d'avoir détenu frauduleusement des produits de tabac manufacturés sans justificatif d'origine, en vue de leur vente, d'avoir à Paris, ou en tout cas sur le territoire national, entre le 21 février et le 22 mars, sans être titulaire de la qualité de débitant de tabac, en l'espèce proposé à la vente sur la voie publique des cigarettes.

Bart a l'attention qui flanche, mais il y aura encore une poignée d'hommes qui ont volé ou se sont battus, ivres ou camés, SDF ou en foyer, puis enfin, à vingt et une heures, la séance est levée, après huit heures d'audience.

Le public a déserté depuis longtemps, Bart quitte la salle 4.32, vaseux, le corps raidi par ces heures d'immobilité et de concentration. Novice en la matière, Bart avait imaginé la dureté et les difficultés, mais assister au spectacle d'une justice d'urgence et d'abattage est d'une tout autre matière que de se figurer seulement cette brutalité. Il s'y fera, mais aujourd'hui le manque d'habitude et d'entraînement se fait sentir, l'innocent Bart est lessivé, étourdi par cette journée, et le palais est vide maintenant, les dernières présences se hâtent vers la sortie ; il est temps de trouver un endroit où dormir, se replier, éviter la dernière ronde des gardiens et disparaître.

Les journaux avaient relayé sa disparition et Bart écouté avec intérêt à la radio l'histoire de « l'Indien du trou », dernier survivant du peuple indigène Tanaru, décimé par l'exploitation industrielle de l'Amazonie, mort après vingt-six ans d'errance et de solitude dans la jungle. Cet homme isolé, dit non contacté, avait été surnommé ainsi pour avoir creusé, dans chacune des cinquante-trois huttes qu'il a édifiées et habitées tout au long de sa vie, un trou de deux ou trois mètres de profondeur, une sorte de cache ou d'abri qui devait lui servir à se dissimuler autant qu'à épier, à se protéger, lui et ses biens, peut-être à se recueillir. Bart devait à son tour devenir un *homme du trou*, le temps était venu de se construire un terrier au palais de justice, de s'enfouir dans le bâtiment.

Bart est de ces hommes discrets qui s'expriment d'une voix sourde, avancent d'un pas silencieux et inoffensif, l'allure immobile même quand ils marchent, remuant à peine l'air, de ces hommes soucieux de leur tranquillité, qui ne croisent pas nos regards, ne rendent aucun son quand on les bouscule, ne laissent saillir aucune particularité, aucun signe distinctif ; voilà sans doute pourquoi il a échappé à la vigilance des gardiens et à l'œil des caméras de surveillance, rencogné dans un angle mort, un léger retrait dans une cloison. Il s'y est encastré sans effort et a attendu que le paquebot de la justice s'éteigne – seuls clignotent encore les éclairages verts de sécurité –, que les vigies abandonnent, que les surveillants somnolent devant leurs écrans ou swipent sur leurs portables.

À minuit tout est calme, Bart entreprend l'inspection du bâtiment, sa partie publique du moins, il ne saurait s'aventurer dans les espaces verrouillés des bureaux, dans les hauteurs administratives, ni dans les geôles au sous-sol, sa silhouette émaciée se déplace à pas de chat, imperméable enfilé, mallette à la main, d'un étage à l'autre, grimpant les escalators à l'arrêt, glissant dans les coursives, poussant les lourdes portes des quatre-vingt-dix salles d'audience, à l'affût d'une cache, d'un trou à habiter – taupe, renard ou lièvre –, il n'a pas besoin de beaucoup de place, seulement de quoi dormir et stocker quelques affaires. Mais, dans cet édifice, le temps n'a pas encore effrité les murs, creusé des failles, affaissé les sols, laissé à l'abandon des espaces indésirables, cagibis, remises ou soupentes ; tout est solide, lisse, immaculé, Bart ne repère aucune anfractuosité où se replier.

En pleine nuit, il erre toujours dans les étages du tribunal, sans solution, fatigué, préoccupé désormais, il a faim, entame un sachet d'amandes, boit longuement au robinet des toilettes, se tamponne la nuque à l'eau froide, lisse ses cheveux avec le peigne qui ne quitte pas sa poche passepoilée, plus qu'une heure avant le retour des gardiens puis l'ouverture du palais, il implore en silence une niche, une alvéole, il ne voudrait pas que déjà son projet échoue, et à cet instant lève opportunément les yeux vers le faux plafond, un assemblage de plaques de plâtre mobiles, fixées sur une ossature métallique.

Elles semblent facilement démontables, il suffit de grimper sur le réservoir des toilettes, de faire sortir la plaque de ses rails puis de se hisser – mieux vaut être fin et agile – dans l'espace laissé vacant pour l'isolation et le passage des câbles. Bart déplace un carré de placo, jette d'abord sa sacoche, sa veste et son imperméable roulé en boule puis, prenant appui sur la structure porteuse, dans un effort inattendu et un râle étouffé, expédie son corps dans le vide de soixante-dix centimètres séparant le plafond de béton du faux, s'allonge comme un soldat au garde-à-vous, replace la dalle du bout de sa chaussure, la cache s'est refermée, l'endroit lui semble idéal, il pousse un long soupir, s'endort aussitôt, bras le long du corps, un gisant au milieu des gaines techniques.

Quand il est réveillé par le bruit d'une chasse d'eau, sa montre indique dix heures quarante-cinq, le palais est en activité, des bruits sourds se faufilent dans le faux plafond, il bascule sur le côté, parvient à s'asseoir en tailleur, plié en deux, se contorsionne pour atteindre sa sacoche, en faire l'inventaire, et s'installer. D'abord déplier les sacs plastique rangés dans la poche intérieure, les suspendre à la structure métallique. Orange pour les affaires de toilette – brosse à dents, dentifrice, bloc de savon de Marseille, déodorant en stick, coupe-ongles, carré d'éponge, et une tondeuse électrique. Rose pour le petit linge, maillots de corps et caleçons, deux paires de chaussettes, une écharpe à carreaux, une chemise de rechange. Blanc pour la lampe frontale et les piles, la gourde, les sachets de fruits secs, la liasse de billets tenue par un élastique. Bleu pour le châle de laine dans lequel il s'enroulera pour dormir. C'est à peu près tout. Bart pourra se nourrir à la petite cafétéria du rez-de-chaussée, se laver sommairement au lavabo, et même le linge sécher sur les poutrelles du faux plafond ; il ne manque rien à sa nouvelle vie de bivouac.

Il guette les mouvements, tout est silencieux, alors se glisse rapidement hors de sa cache, il est trop tard pour se changer, se raser sans attirer l'attention, il s'époussette, renoue sa cravate, une main humide dans les cheveux, quelques mouvements pour dégripper son corps raidi, – il faudrait trouver, à l'occasion, de quoi améliorer sa couche –, puis descend à la cafétéria, commande un double-crème et un sachet de biscuits au gingembre, reprend des forces, le sang file à nouveau dans ses veines étrécies.

Les audiences ne commencent qu'à treize heures, Bart a le loisir d'arpenter les lieux, une promenade dans la lumière et la largeur du bâtiment – on le prendra sans doute pour un prévenu tourmenté, arrivé en avance, qui attend son conseil en faisant les cent pas, si tant est qu'on le remarque, qu'on relève sa présence vague en costume sombre, les yeux au sol, la démarche régulière. Il flâne, il rôde, s'assoit sur l'un de ces nombreux bancs disposés un peu partout dans le palais, impropres aux longues attentes qu'impose la justice, aussi raides qu'elle, élégants à l'œil mais inadaptés aux courbes du corps, il harponne des bouts de conversations, un avocat qui supplie son client de s'adresser poliment aux juges, de bien articuler, et de ne pas nier les faits, des hommes jeunes et solidaires à qui la convocation devant un tribunal n'a pas ôté la joie de vivre et l'excitation propres à leur âge, des justiciables qui chuchotent dans leur téléphone en jetant des regards de biais.

Le témoin

Peu avant treize heures, hésitant devant l'écran des audiences, leur litanie de chambres et de salles, Bart finit par choisir comme on lance une boule à la roulette, ses yeux arrêtés sur la 15e, mineurs et affaires familiales.

À l'intérieur de la salle d'audience c'est toujours cette même lumière, le même bois clair, et une petite foule – modèle réduit du peuple – qui attend les magistrats tandis que l'huissier, au pupitre couvert d'une pile de dossiers ventrus, classés dans des pochettes cartonnées de couleur, fait mine de mettre en ordre ces milliers de pages entassées, ces monstres de rapports et d'expertises, d'auditions et d'enquêtes.

La cour est annoncée, entre, on se redresse et on s'assoit dans un même mouvement, l'audience est ouverte, l'huissier appelle aussitôt un homme, il est là assis dans le public, lève le doigt, s'approche timidement de la barre.

Le président l'interroge d'abord sur l'exactitude de son nom, êtes-vous monsieur Jacob ou Jacoub ? Les explications confuses, qui mêlent affaire de prononciation, erreur de l'officier de l'état civil, nom du père et nom de la mère, identité polonaise et identité française, laissent le juge désemparé. Monsieur, on ne peut pas tenir cette audience si nous n'avons pas de certitude sur votre identité, si nous n'avons pas l'assurance que c'est bien vous que nous allons juger.

Après un moment de flottement, on se met d'accord sur le nom de Jacob, des preuves ont été tendues au président par le greffier, sous forme de paperasse, et l'accusation d'atteinte sexuelle va pouvoir être examinée par la cour.

On reproche au prévenu de s'être masturbé devant sa fille de deux ans et d'avoir frappé sa fille de sept ans. Sa compagne, présente, ajoute qu'il se masturbe tous les matins entre six heures et six heures trente, en lui caressant le ventre. Elle affirme qu'elle ne veut plus de ça, qu'elle ne le repousse pas de peur des représailles, de peur qu'il s'énerve ou réveille les enfants, et aussi pour avoir la paix. Elle ajoute qu'il est nerveux, claque les portes, regarde la télé très fort, et me traite d'idiote. Il considère que j'ai des devoirs sexuels envers lui alors j'ai déposé plainte.

Après la déclinaison de l'identité et la lecture de l'acte d'accusation, la vie et la personnalité du mis en cause sont examinées. Nous ne sommes pas en comparution immédiate et Bart découvre qu'ici on prend davantage son temps pour dérouler les existences. On apprend donc que monsieur Jacob est venu en France avec sa mère quand il avait six ans, qu'en 1995 il a subi, à l'âge de douze ans, une lourde opération pour soigner une épilepsie, dont il a gardé de nombreuses séquelles, et qu'il a rencontré son épouse par petite annonce ; elle vivait encore en Pologne, l'a rapidement rejoint en France, après deux mois d'échanges, dans l'appartement où il vivait avec sa mère, a débarqué désargentée, paumée, un fils sous le bras, et ils n'ont pas tardé à se marier, c'était en 2011.

On apprend aussi qu'il a été licencié d'une jardinerie pour des comportements sexuels déplacés à l'égard de ses collègues, mais que le conseil des prud'hommes a jugé infondé le licenciement. Il travaille aujourd'hui dans une animalerie, après une hospitalisation de trois semaines pour dépression.

Puis lecture est faite de l'expertise psychiatrique, qui ensevelit aussitôt Bart et l'assemblée tout entière sous une coulée de mots : une intelligence dans la limite basse, des associations d'idées spontanées, sans raison, un défaut de contrôle neurologique, une désinhibition sexuelle, de l'impulsivité, un manque de contrôle de la pensée, des causes neurologiques mais pas d'affection psychiatrique, pas de dépression, pas de déviance sexuelle pédophile, pas d'exhibitionnisme, une perte de contrôle pulsionnelle, une activité masturbatoire qui ne semble pas dirigée vers ses enfants mais témoigne plutôt d'une frustration sexuelle.

Bart regarde le prévenu, ne voit qu'un visage impavide, l'homme n'a pas saisi un mot de ce qui vient d'être énoncé à son sujet, n'a visiblement pas compris que cette parole obscure le concernait, mais cela ne semble pas préoccuper la cour, l'incompréhension de ce qui se dit dans l'enceinte du tribunal est peut-être le lot des accusés, Bart l'avait déjà noté aux comparutions immédiates. Au jugement raide que représente l'expertise psychiatrique – une vie hachée menu pour entrer à coups de boutoir dans un tableau moral et scientifique – s'ajoute ce sabir obscur qui abandonne l'accusé sur le bas-côté.

Mais le temps presse, il faut continuer et l'épouse reprend son récit : il ne se lave plus depuis qu'il a perdu son travail à la jardinerie, il ne s'occupe plus de lui, il est devenu violent et moi j'ai peur d'être mise à la porte de l'appartement, on vit chez ma belle-mère, elle vit avec nous, elle me déteste, elle pense que je dois satisfaire sexuellement son fils, elle me traite de moche, et lui, mon mari, il insulte sa fille, il la traite de sorcière parce qu'elle n'a pas de dents, de *baba yaga*, de toute façon avec ses filles il est pas comme un père il est comme un enfant. Visage pourpre, front perlé de colère, elle veille à ne pas se tourner vers son mari, tandis que l'homme ne quitte pas son air égaré, pantois à la barre.

Après quoi, car il s'agit d'être à charge et à décharge, on donne lecture du témoignage de l'institutrice, qui assure n'avoir rien relevé en matière de violences mais ajoute que la fille de sept ans semble souffrir de troubles cognitifs, de retard scolaire, et ne regarde pas les adultes dans les yeux, puis de celui du médecin de la halte-garderie affirmant qu'il n'a remarqué aucune trace de sévices et que l'enfant est épanouie. Sur l'estrade, les assesseurs se penchent à l'oreille du président, on chuchote quelques mots, on prend des airs entendus, on opine du chef et on continue.

C'est enfin le tour de monsieur Jacob, il était temps, Bart craignait que le prévenu, enfui dans ses pensées, ne finisse par s'absenter définitivement de la scène dont il est censé être le personnage central, et sent maintenant monter en lui une drôle de tendresse, dont il ne sait si elle est opportune, mais s'avère irrépressible, peut-être encouragée par ce visage poupin et joufflu, ces cheveux blonds en brosse, ces lunettes épaisses qui cachent un regard déviant, hésitant, cette petite silhouette dans un blouson en toile couleur mastic.

Il va parler, Bart tend l'oreille, peu surpris par cette voix juvénile et naïve : c'est elle qui me force à me masturber en la caressant, jamais je ferais ça devant mes enfants, j'en serais incapable, je suis incapable de faire ça, incapable, incapable, incapable. De toute façon, je ne peux pas me souvenir que je me masturbais à cause des médicaments que je prends, ça entraîne des pertes de mémoire. L'homme s'interrompt, porte les mains à son visage, se frotte vigoureusement les joues, le front, semble chercher des souvenirs, frotte pour les faire remonter et affleurer à la surface de la peau. Mais je suis certain de ne pas me masturber. Et puis c'est elle qui me tape, pas l'inverse, elle m'enfonce ses ongles dans la chair, elle me gifle pour m'obliger à lui masser le ventre, ça me fait ni chaud ni froid de la caresser, de toute façon on n'a plus de vie sexuelle.

Le tribunal l'interroge maintenant sur une vidéo prise à son insu par l'épouse. Les images, filmées au portable, pourraient laisser penser – c'est sujet à interprétation – que l'homme se masturbe devant sa fille de deux ans affairée à jouer à la poupée dans un coin de la pièce.

Je me masturbe pas, je me gratte l'entrejambe, à cause d'allergies que j'ai l'été quand il fait chaud. Ma femme raconte tout ça pour se venger, me rabaisser, se débarrasser de moi.

L'homme se contredit avec une candeur telle que Bart n'y voit que de l'innocence. La version la plus simple de la culpabilité, la plus évidente, est souvent celle qui l'emporte, mais peut-être aussi celle qui a le moins de chance d'être fidèle à la complexité des faits.

Le prévenu se débat, dit qu'il ne sait plus et ne plus savoir le mine, qu'il est sûr de lui pourtant, convaincu qu'il ne saurait faire de mal, d'une conviction qui ne repose sur aucun souvenir, aucun savoir, qui repose sur une intuition. L'intuition de Bart est la même, ce qu'on appelle l'intime conviction, telle qu'elle est posée comme fondement du jugement par l'article 353 du Code pénal – la loi ne leur fait que cette seule question, qui renferme toute la mesure de leurs devoirs : avez-vous une intime conviction ?

Bart doute qu'il serait un bon juré de cour d'assises, un juré fiable aux yeux de la justice, il lui semble qu'il manquerait précisément de faculté de jugement, ce qu'il nommerait goût plutôt que faculté. Un goût pour le jugement, la sentence, cette drôle de prétention à juger les autres, leurs vies, la vie même quand elle se dégonde, au nom de *valeurs*, célestes et incontestables, au nom de certitudes incrustées dans la pierre des frontons et des crânes, d'idées officielles et notoires.

Bart considère que si nous jugeons ce qui nous heurte, nous disconvient, il serait juste de requalifier le jugement en aversion, en colère. Il imagine bien la répulsion qu'inspire le prévenu à l'assemblée, un homme qui se masturbe devant sa fille de deux ans comment ne pas, mais les peines qui seront prononcées – ici on dit les encourus –, censées refléter la gravité des actes et le niveau de réprobation sociale, ne diront pas tout de leurs ressorts, n'avoueront pas le dégoût. Non, Bart ne serait pas le juré idéal, car s'il saurait examiner la gravité et la violence de l'acte, il resterait insensible à la vindicte, celle que suscite maintenant, exprimée par un léger bruissement venu de l'assemblée, la lecture publique des textos du prévenu, adressés à sa compagne pendant son hospitalisation en psychiatrie après une tentative de suicide : quand je vais sortir on va baiser 1000 fois, les bonnes femmes ne servent qu'à baiser.

Vous savez, je ne me souviens de rien et ma femme n'est venue me visiter qu'une fois en un mois, elle m'a abandonné à l'asile.

Le tribunal met fin à l'échange, l'homme se rencogne de nouveau dans ses pensées, le regard absent, et l'avocate de la partie civile est invitée à s'exprimer.

Elle se lève sous l'œil courroucé et impatient de l'épouse, insiste sur les troubles de la personnalité du prévenu, sur les médicaments qui désinhibent sexuellement, sur les textos indécents, sur le traumatisme de la petite fille traitée de sorcière par son père et qui, à l'école, selon d'autres témoignages, aurait caressé les fesses d'un enfant, reproduisant ce qui se passe à la maison, sur la figure de la belle-mère, omnipotente, intervenant dans la vie sexuelle du couple, obligeant sa belle-fille à remplir ses devoirs conjugaux, l'accusant d'imposer l'abstinence à son fils, puis, pour terminer, gonflant la voix, madame la juge, mesdames du tribunal, quand sa femme allaite leur petite fille, ça l'excite, monsieur est excité !

Monsieur Jacob, brutalement sorti de sa torpeur, réprime alors un cri, porte la main à sa bouche, horrifié.

Bart tressaille au même moment et appréhende maintenant l'intervention du procureur, qu'il imagine très à charge, ce qu'on attend du représentant et défenseur des intérêts de la société, celui qui requiert debout, tonne, démonstratif, le corps dressé, le doigt pointé, quand les juges, magistrats du siège, restent calés au fond de leurs imposants fauteuils, disent le droit et rendent des décisions en plissant les yeux, écoutant doctement, prenant des avis, délibérant, immobiles, si ce n'est parfois un léger hochement de tête en direction des assesseurs – c'est en tout cas la représentation commune, et Bart la partage.

Mais ce procureur-là semble plutôt engourdi et asthénique, articule mal, s'exprime sans fougue, d'une voix sourde et hâtive, soutenant tout de même que les troubles du prévenu n'atténuent pas sa responsabilité pénale puisque l'expert psychiatre n'a relevé aucune altération du discernement, et demande sans conviction, et sans s'étendre, six mois avec sursis.

Dans le même temps, le prévenu, jusque-là éteint, a commencé à s'agiter à la barre, il bouillonne maintenant comme un enfant impatient, soupire bruyamment, d'ennui ou d'agacement, se tourne vers sa mère assise dans le public, lui fait signe que tout ceci le barbe et vivement qu'on en finisse ; elle lui intime d'un battement de paupières de rester tranquille, puis c'est son avocate qui pose une main ferme et impérieuse sur son épaule, elle s'apprête à parler et ne voudrait pas que les gesticulations de son client nuisent à sa plaidoirie.

Elle en impose, le visage tanné par les UV, les cheveux peroxydés et bouffants, les talons aiguilles vertigineux, le cliquetis insolent des bracelets en or qui rythme ses effets de manche, et l'assemblée l'écoute immédiatement, médusée par son allure flamboyante.

Je rappelle dans un premier temps que mon client a été relaxé des accusations de violences sur son épouse. En ce qui concerne les accusations de violence sur ses enfants, madame a produit des photos de la cuisse prétendument tuméfiée de sa fille, or le certificat médical établi par l'expert certifie qu'il ne s'agit en aucun cas d'ecchymoses liées aux coups mais d'allergies à des piqûres d'insecte et de la marque d'une biopsie, elle aussi tracée médicalement. Par ailleurs, je suis très choquée par ce que je viens d'entendre, mon client est handicapé mental, je rappelle qu'on lui a ôté un bout de cerveau, il est malade et monsieur le procureur veut l'envoyer en prison. La vérité est que mon client est battu par sa femme et son beau-fils, qu'il a voulu déposer plainte dans un commissariat où on a scandaleusement refusé de l'entendre.

Monsieur Jacob, assis sur le bord du strapontin juste devant son avocate, ne tient plus en place, Bart le voit se tortiller, se frotter énergiquement le visage ; il la dévore des yeux, se cramponne au pupitre, se penche pour se coller à elle comme un petit à sa mère, alors elle se hâte, tout en plaidant lui jette des regards inquiets et suppliants, accélère le débit craignant de ne pouvoir achever.

Avant leur rencontre par petite annonce, la femme de monsieur vivait dans une grande précarité sociale en Pologne, elle élevait seule son fils, alors vous imaginez, la belle affaire pour elle ce mariage et ce logement à Paris, et d'ailleurs, en deux mois c'était acté, elle rappliquait, madame était tout à fait intéressée, pas amoureuse, madame ne s'est même pas enquise de l'état de son mari hospitalisé après une tentative de suicide, ne l'a même pas visité, mais s'indigne, tout comme la cour, des textos salaces, qu'il faut replacer évidemment dans leur contexte : envoyés depuis l'hôpital psychiatrique où monsieur était enfermé dans un état second, abruti de médicaments, ne s'appartenant plus, en proie à une grande souffrance psychique. Monsieur est un malade mental, un gosse, il souffre du syndrome de Gilles de la Tourette, ce qui lui a valu un licenciement. À la jardinerie où il travaillait depuis quatorze ans, tout le monde connaissait sa maladie, s'en accommodait, lui pardonnait ses écarts, ce n'était pas de sa faute, et il était gentil et travailleur, tout le monde depuis quatorze ans sauf une nouvelle venue, récemment embauchée, que personne n'avait prévenue et qui a porté plainte pour harcèlement sexuel. Madame ne l'a pas davantage soutenu dans cette épreuve, elle a été mariée onze ans avec monsieur, sans aucune plainte ni difficulté exprimée pendant ces onze années, et maintenant elle veut se débarrasser de lui, elle se présente comme une femme battue, érigée en parfaite victime, et on lui déroule le tapis rouge, elle a reçu le soutien d'une association féministe douteuse qui a organisé son dépôt de plainte, elle a obtenu un appartement social de la ville quand le délai d'attente est en moyenne de treize ans.

Je terminerai en rappelant devant la cour la définition de la preuve, la preuve est libre et a différentes valeurs probantes, c'est tout élément qui permet de corroborer un récit, mais ici toute preuve est viciée, madame sait qu'elle a produit des images falsifiées et manipulées, comme elle sait qu'elle a filmé volontairement son mari de manière à fabriquer une preuve grossière contre lui. Dans toute cette histoire, mon client est la victime et il n'y a rien pour lui, depuis le début il n'est pas écouté, les services sociaux et médico-psychologiques ont failli, n'ont pas su le protéger, je plaide donc pour la relaxe.

L'affaire est mise en délibéré et l'audience suspendue, Bart quitte la salle sans attendre le prochain dossier, retrouve dehors le prévenu recroquevillé dans les bras de sa mère, se dit qu'on ne saura pas ce qui se trame dans le cerveau rogné de monsieur Jacob ni dans celui, chauffé à blanc, de son épouse, car les crânes sont insondables, on ne les ouvre, le plus souvent après la mort, que par un petit trou de trépan offrant une vue très partielle sur l'intérieur – même une craniotomie complète ne nous apprendrait pas grand-chose –, et si les paroles sont précaires, les preuves incertaines, seul le doute demeure, qui doit toujours profiter à l'accusé.

Bart est de ceux qui aiment voir persister le doute, qui se maintiennent, et le monde avec eux, dans l'opacité, qui aiment la brume, fuient le soleil et la glose, et pour qui les audiences devraient inviter à la méditation et au vagabondage, aux échos et aux réverbérations, plutôt qu'aux explications, alors Bart prie en silence pour la relaxe.

Bart redescend à la cafétéria, en quête d'un crème et de biscuits, la serveuse le reconnaît et suggère cette fois le sandwich poulet-crudités, ça fait quatre fois que vous commandez des gâteaux. Bart ne saurait dire non, alors détourne la tête tout en acquiesçant silencieusement au sandwich, qui ne lui dit rien qui vaille et qu'il laissera bientôt sur un banc, comptant sur un agent de sécurité pour le ramasser et le manger sans crainte.

Outre ceux qui assurent le filtrage à l'entrée du palais de justice, outre les rondes policières, les lieux sont surveillés par des dizaines d'agents de sécurité à la peau noire, en costume satiné et chemise immaculée siglés aux couleurs de l'entreprise de gardiennage – broderie au fil d'or sur la poche poitrine et pince à cravate –, le plus souvent engoncés dans des vestes étriquées, des pantalons trop courts qui plissent aux aines – Bart imagine des tailles standards auxquelles tous les gabarits devront s'accommoder. À chaque étage ils arpentent et inspectent, longent les garde-corps qui séparent du vide.

Somnolant faussement sur un banc, il avait surpris une conversation entre deux gardiens, qui l'avait renseigné sur la raison de leur présence en nombre, visiblement au-delà de ce que la surveillance de l'espace requérait : quelques jours après l'inauguration du palais, un mineur sans-papiers s'est jeté par-dessus bord quand on lui a signifié une obligation de quitter le territoire. Personne n'a eu le temps de le retenir, il a chuté de vingt-cinq mètres et s'est écrasé dans la salle des pas perdus. Les garde-corps n'étaient pas assez hauts pour l'empêcher de sauter, ils s'enjambaient facilement, on n'y avait pas pensé. Alors on paye désormais une cohorte de gardiens pour éloigner ceux qui s'approchent des rambardes, et prévenir un nouveau suicide.

Bart se demande si cette menace – un homme une femme un enfant qui se jette – les tient en permanence, une crainte sourde, ou s'ils finissent par oublier pourquoi ils sont postés là, ce qu'ils surveillent exactement. Si un suicide arrivait de nouveau, Bart aimerait savoir ce que prévoit leur contrat – est-ce qu'une clause engage leur responsabilité ? est-ce qu'on dirait que c'est leur faute, qu'ils n'ont pas été assez réactifs, assez vigilants ? –, il s'inquiète qu'ils aient lu trop vite leur lettre d'engagement avant de la signer, qu'ils aient regardé le nombre d'heures et la rémunération et voilà, qu'ils aient passé les lignes en petits caractères et les notes de bas de page, les alinéas verbeux. Peut-être ne le savent-ils pas mais une responsabilité exorbitante et abusive pèse sur leurs épaules ; l'hypothèse saisit Bart, puis il abandonne son sandwich sur un banc et s'éloigne.

Il est trop tôt pour rejoindre sa cache, le palais est encore fréquenté à cette heure, alors, dans l'attente, il vagabonde dans le bâtiment, se glisse dans le flux des neuf mille personnes qui circulent ici chaque jour, neuf mille personnes en mouvement – avocats, policiers, visiteurs, prévenus, victimes –, ou immobiles – magistrats sur leurs estrades, fonctionnaires qui font tourner la machine, soutiers de la justice –, mais qui y loge ? La nuit quelques gardiens, et désormais Bart, embarqué clandestin, passager indétectable, un point dans l'espace, un signal faible.

Dix-neuf heures, le tribunal se vide enfin, Bart hâte le pas, rase les murs, rejoint son abri, se hisse de nouveau dans le faux plafond à la force de ses bras nerveux, le corps plié, s'allonge, astronaute dans sa capsule, une lambourde de métal s'enfonce dans son dos, il bascule sur le côté en chien de fusil, son corps racle le plafond, il tend le bras pour attraper la lampe frontale et le sachet d'amandes dans le sac blanc, en picore lentement une dizaine, puis la gourde et quelques gorgées, enfin le châle de laine dans le sac bleu, qu'il roule en boule sous sa tête – il s'agit maintenant de patienter, d'attendre le cœur de la nuit pour redescendre.

Sa montre indique deux heures quand il se réveille d'un sommeil haché et superficiel, il s'extrait, la lumière du néon l'éblouit, son reflet dans la glace est blême, ses yeux terreux, mais il ne se voit pas, constate seulement que son costume commence à se friper à force d'heures passées sur les bancs ou replié dans son antre – le vendeur lui avait pourtant garanti un tissu infroissable –, il faudrait trouver un fer à repasser, peut-être dans la salle de repos des gardiens, aux costumes étriqués mais impeccables.

Bart se déshabille, frissonne, la plante des pieds se rétracte sur le carrelage, il frotte ses sous-vêtements dans le lavabo, puis les cheveux et les aisselles au gant de toilette, méticuleux et ferme, passe le bloc de savon sur son torse, enfile un caleçon propre, de nouvelles chaussettes, noue l'écharpe autour du cou, recharge le rasoir électrique, remplit la gourde, enfin inspecte la poubelle et y trouve, c'est miraculeux, un carton plié en quatre qui accommodera sa couche.

Là-haut il enfile la lampe frontale pour étendre tant bien que mal son petit linge, caleçons et chaussettes pendus à la poutrelle d'acier, dispose les chutes de carton de manière à atténuer un peu la raideur des éléments métalliques, s'enroule dans le châle, ses yeux clignotent dans l'obscurité, un souvenir d'enfance lui revient, enfoui et joyeux, de camps scout et de nuits de bivouac dans la forêt bretonne, il finit par s'endormir, bercé non plus par le hululement d'une chouette mais par le ploc ploc du linge qui goutte et les bruits de la soufflerie, l'oreille collée au gros tuyau d'aluminium.

Bart est contrarié d'enfiler son costume défraîchi ce matin, il aime les allures nettes, rester présentable en toutes circonstances, alors il humidifie le drap aux endroits où ça plisse et ça fronce, défroisse et lisse avec le plat de la main, ça fera l'affaire et il a noué sa cravate noire à fines rayures blanches.

Bart a mis en place un protocole horaire censé protéger sa clandestinité : vers dix-neuf heures, quand le palais a fermé, seulement fréquenté par le public des audiences qui s'éternisent, il rejoint sa cache, attend le milieu de la nuit pour se mouvoir, puis remonte dormir quelques heures, s'habille avant six heures trente, heure d'arrivée des équipes de ménage, attend huit heures trente, l'ouverture officielle, pour apparaître et descendre à la cafétéria, où désormais on lui sert d'office son crème bien blanc, en ne s'étonnant plus de son drôle d'air et de ses manières désuètes, sans doute un de ces gratte-papier récemment embauché qui travaille là-haut dans les bureaux, au greffe peut-être, un hurluberlu inoffensif comme en produit parfois l'administration. Les employées de la cafétéria n'ont cependant pas renoncé à lui faire avaler autre chose que ces gâteaux secs au goût de savonnette et lui proposent régulièrement une tarte aux pommes, ou aujourd'hui un croissant, que Bart décline non d'un mot, jamais, mais d'un imperceptible mouvement de la tête.

Dans la salle des pas perdus, il repère sur l'écran qu'une audience se tiendra bientôt devant la 16e chambre – infractions liées au terrorisme. Longtemps Bart avait imaginé que les affaires de terrorisme ne pouvaient être qu'exceptionnelles et tragiques, de grands procès médiatiques après des attentats effarants, puis il avait appris l'existence d'une forme de quotidienneté et de banalité du terrorisme, et découvrait maintenant que chaque jour au tribunal on jugeait des histoires de consultation de sites jihadistes, de prêches violents, de rêves inaboutis de départ en Syrie – ce genre d'affaires se multipliaient.

Il patiente à présent devant la 4.33, en compagnie de quelques personnes qu'il imagine appartenir à la famille des prévenus – femmes soucieuses engoncées dans des manteaux, hommes grisonnants qui se tiennent à l'écart, tournent en rond, jeune fille qui fixe l'écran bleuté de son téléphone, une petite troupe nerveuse attendant l'ouverture des portes. Bart s'éloigne, de crainte qu'on lui demande ce qu'il vient faire là, qu'on s'enquière de son identité, de ses intentions et de ses intérêts – répondre qu'il souhaite seulement se tenir en ces lieux, demeurer autant qu'il est possible, et vérifier que la justice est juste, ne serait sans doute pas une explication satisfaisante. Et, quoi qu'il en soit, il a fait vœu de silence.

Il laisse entrer les proches puis pénètre à son tour dans la salle d'audience, prend place au dernier rang. La cour est en retard, la famille s'est serrée sur un seul banc, regards dans le vide ; face à eux un policier et l'huissier discutent devant le box des accusés, on ne sait pas ce qu'ils se racontent mais ça les fait rire, bruyamment, ils n'ont l'air de se soucier ni du lieu ni du moment, encore moins du prévenu, qui attend lui aussi mais ne semble encore exister pour personne. Ils rient sous le nez de ce prévenu qui les regarde sans ciller, séparé par un rideau de cellophane froissé, protection dérisoire contre le Covid qui s'éternise ; c'est un jeune homme barbu sous son masque, les cheveux longs ramenés en catogan, il se tient debout, bras croisés sur la poitrine, encadré par deux policiers cagoulés et hiératiques.

La cour fait enfin son entrée et Bart apprendra bientôt que, né en 1988, peintre en bâtiment et jamais condamné, l'homme est incarcéré depuis plus de trois ans, en détention provisoire car soupçonné d'avoir préparé un acte terroriste, de s'être rendu en Jordanie avec femme et enfants pour tenter de rejoindre l'État islamique.

L'audience est ouverte et on appelle d'abord une jeune femme, que Bart voit se lever, quitter les bancs du public, se détacher et s'avancer. Elle est accusée elle aussi mais comparaît libre, placée sous contrôle judiciaire après un an et demi de détention provisoire.

Elle empoigne la barre pour ne pas flancher, et pour ne pas franchir la limite puisque cette barre indique au témoin sa place, l'empêche de s'avancer plus avant, de s'approcher de la cour, de sentir l'haleine du juge, certains s'y cramponnent, d'autres se gardent de la toucher, tous y sont convoqués pour prêter serment, déposer, être interrogés, écouter la sentence.

L'épouse du prévenu, une infirmière de trente-deux ans, s'accroche à cette barre tandis qu'est donnée lecture du chef d'accusation… tout en ayant adhéré aux thèses mortifères de l'État islamique… en vue de participer au jihad armé… notamment en consultant des cartes de la région… valider le bien-fondé de la commission d'attentats sur le sol français.

Elle porte un foulard noir, des boucles d'oreille à strass, des baskets argentées, est maquillée avec soin, et à mesure que le président lit l'acte d'accusation, de larges auréoles de sueur se forment sur son chemisier bleu, bientôt taché d'anxiété ; cette marque visible de l'angoisse embarrasse Bart, qui n'aimerait pas qu'un spectateur mal disposé l'interprète comme une preuve de culpabilité, les suées irrépressibles des fautifs, leur transpiration aigre retenue à charge. L'épouse aura voulu se présenter soignée et élégante devant la cour, à son avantage pensait-elle, mais ce chemisier trop cintré dans un tissu synthétique était un mauvais choix, elle n'a pas pensé aux bouffées de chaleur, au malaise vagal, à ce que le corps exsude d'inquiétude, et à la couleur bleu pâle qui marque facilement.

La présidente du tribunal expose les faits et semble vouloir prendre son temps, le terrorisme étant une cause autrement plus sérieuse que la morne délinquance du quotidien. Bart ne ressent pas ici l'impatience qui avait dominé les précédentes audiences.

La jeune femme est musulmane d'origine comorienne, son mari, de tradition catholique, s'est converti pour l'épouser religieusement, ils ont eu deux enfants, ont vécu à Mayotte un an puis en Jordanie, dont ils ont été expulsés après avoir été arrêtés à un check point à la frontière avec la Syrie, suspectés de faire des repérages. Elle a écrit sur sa page Facebook vouloir quitter le territoire de la mécréance et rejoindre l'État islamique pour pratiquer l'islam notre croyance et vivre sous la charia. Elle aurait envoyé de l'argent par Western Union à un couple de djihadistes localisés à Istanbul, posté de la documentation propagandiste grâce à la messagerie cryptée Telegram, téléchargé un logiciel afin de naviguer de manière anonyme sur Internet et déscolarisé ses enfants, pour des raisons religieuses autant qu'éducatives précise-t-elle, maintenant qu'on lui donne la parole : je m'intéresse aux pédagogies alternatives.

Son appartement a été mis sur écoute après qu'un policier infiltré sur Facebook a repéré sa radicalisation, et sur les enregistrements on l'entendrait approuver joyeusement les attentats commis en France et préparer son départ au Shâm avec l'aide d'un couple de djihadistes déjà sur zone.

La jeune femme n'adresse aucun regard à son mari, ne tourne jamais la tête vers le box, comme si une malédiction pouvait la frapper, comme si la cage du prévenu irradiait une aura maléfique, elle se porte tout entière vers les juges, acquiesce de manière démonstrative et sonore – exactement monsieur le président ! –, ne dément rien, veut s'expliquer sur tout.

Fille d'un imam, elle reconnaît que ses parents pratiquent un islam plus modéré que le sien et admet son glissement rigoriste – les prières, les vêtements, les convictions, le dogme. Je voulais partir dans un pays musulman pour me sentir moins stigmatisée, je voyais l'État islamique comme un groupe de musulmans qui venaient du monde entier pour vivre une religion ensemble, je voyais de bonnes valeurs, je voyais pas qu'ils commettraient des attentats.

Le juge lui lit alors la retranscription des écoutes téléphoniques où il est question de propos extrémistes et obsessionnels devant la télévision, d'homosexuels, de juifs et de francs-maçons qu'il faut éradiquer, d'appels à tuer des mécréants et le président de la République.

J'en rajoutais pour exister face à mon mari, je jouais la violente pour lui plaire, lui il était de plus en plus haineux et je voyais bien que ça n'allait pas, mais je me disais aussi que ça passerait, que ce n'était que des mots, qu'il disait ça comme ça, vous savez je l'ai connu doux, les années passent et les tempéraments changent, mais on ne veut pas voir, on veut se souvenir toujours de l'homme tendre qu'on a rencontré et aimé.

La cour clôt alors l'échange sur cette confidence – l'homme tendre qu'on a rencontré et aimé – et Bart en ressent une forme de reconnaissance, rasséréné par ces quelques mots affectueux. Puis la jeune femme est invitée à s'asseoir devant son avocate, splendide créature en bottes pointues et pantalon de cuir noir sous la robe.

C'est maintenant un autre prévenu dans cette affaire, également placé sous contrôle judiciaire, qui est appelé à la barre, et lui aussi s'extrait du public pour avancer, un homme de vingt-six ans, magasinier, poursuivi pour association de malfaiteurs terroriste et financement du terrorisme – il aurait envoyé un mandat de trois mille euros en Turquie. En préparant votre départ en direction de la Syrie… en vue de commettre l'un quelconque des actes de terrorisme prévus au présent chapitre.

Une enquête de personnalité et une expertise psychiatrique ont conclu que l'homme est influençable, peu assuré, immature, à la recherche d'un besoin de normalité, cherchant un cadre rassurant dans la religion pour combler la vacuité de son existence. Il est en retrait, peu introspectif, inhibé, vulnérable, aboulique, empêtré dans une problématique identitaire. Le prévenu a tendance à nier les difficultés, il est avare dans ses réponses, a peur du conflit, se tient dans l'évitement pour ne pas être confronté à l'échec, fuit la séduction. Chez lui, la conscience collective peut supplanter la conscience individuelle.

Bart avait découvert la veille l'importance de ces expertises psychiatriques au procès de monsieur Jacob et en avait conçu de la méfiance. Il lui semble aujourd'hui, à l'écoute de ce rapport accablant, que ces psychiatres qui ne sont pas censés juger mais éclairer font précisément l'inverse, préparant le terrain à la punition, fartant la piste répressive pour que s'élance le tribunal.

À voir l'air ravi et inspiré du président du tribunal, Bart découvre aussi l'appétit des juges pour ces experts dont toute parole semble être tenue pour vraie, celui-là assénant des verdicts cliniques comme on plante des banderilles, pratiquant des examens inquisitoires comme on trépane, qui plus est en s'appuyant sur un entretien mené trois ans auparavant, au début de la détention, avec un homme fatalement différent de celui qui se tient aujourd'hui dans le box.

L'expert semble occuper une place de choix dans la scénographie judiciaire, symboliquement juché sur l'estrade entre le juge assesseur et le procureur, il est l'homme qui prétend décrire des tendances morales, pas davantage, mais aussitôt converties en infractions pénales par la cour, car il semble bien qu'on reproche au jeune magasinier son immaturité, qu'on l'accuse d'avoir un tempérament influençable, avant même de l'accuser d'avoir voulu rejoindre la Syrie. Sa faiblesse d'esprit ne sera pas considérée comme une circonstance atténuante, plutôt comme la confirmation de ses dispositions criminelles. L'homme à la barre n'a pas seulement commis une infraction, il ne s'est pas contenté de transgresser la loi, il a de mauvais penchants, un caractère déviant et suspect.

Le psychiatre redouble donc le délit – un acte répréhensible augmenté d'une mauvaise nature – quand Bart avait espéré qu'un expert en obscurité de l'âme serait plutôt venu au secours du prévenu. Il aura finalement davantage dressé un portrait à charge et ce ne sont pas les témoignages à distance de ses proches, le décrivant comme un jeune homme solitaire, renfermé, accro aux jeux vidéo et sans vie amoureuse, qui viendront le tirer d'affaire.

Bart aurait préféré entendre de vive voix la sœur du prévenu, elle-même convertie et dont le tribunal a indiqué qu'elle l'avait initié à l'islam, ou les parents, qui ont contacté la Grande Mosquée de Paris pour que leur fils soit accompagné, orienté vers des personnes compétentes et instruites, qui ont tenté, en vain, d'éviter dérives et excès. Et quitte à entendre des experts, pourquoi pas un sociologue plutôt qu'un psychologue, qui serait venu évoquer un milieu, un environnement, mortifère peut-être, un état du monde, des forces sociales et pas seulement des pulsions intimes, qui serait venu multiplier les pistes, les tentatives de compréhension, puisqu'il y a toujours soi et le monde, il y a toujours des rapports, des liens, quand les mots du psychiatre ne nous donnent qu'une moitié d'homme, prélevée et isolée dans une éprouvette psychique, baignant dans sa solution acide d'immaturité et de vulnérabilité, hors de tout échange avec l'extérieur, hors de toute histoire, scruté par un savant comme une somme de manques, de carences, d'incapacités, jamais regardé plutôt comme un être dépossédé, privé, malmené, par, au choix, l'école, la famille, le marché du travail, que sais-je encore.

J'étais en manque de sentiments et la religion m'a apporté de l'affection, j'ai enfin trouvé des amis à la mosquée, une fraternité religieuse. Depuis tout petit je voyais les autres avoir quelque chose et moi rien. C'est un filet de voix, qui s'affaisse en fin de phrase, Bart tend l'oreille, pressent que le dialogue sera laborieux. J'écoute pas de musique de peur que les mélodies me reviennent quand je prie, j'ai des problèmes de concentration, mais la musique dans les films ne me dérange pas. Il répond du bout des lèvres. Avec les femmes voilées je n'ai pas besoin de contrôler mon désir, je sais ce qui se passe dans la tête des hommes. Les livres salafistes ? Je me suis fait une bibliothèque mais je ne les ai pas lus ou pas lus en entier. Les fichiers audio sur les mécréants ? J'en ai seulement écouté deux dans la voiture. Les vidéos jihadistes ? J'ai pas tout vu et c'était pas pour me galvaniser, j'ai regardé une fois et j'ai coupé. À l'époque j'avais pas de caractère.

Le président du tribunal se balance sur son siège pivotant : vous avez déclaré un musulman modéré c'est un pécheur, expliquez-vous. C'est ce que je pensais à l'époque, en fonction des textes. C'est difficile pour moi d'entendre ça aujourd'hui, je ne suis plus le même, trois ans ont passé, je suis mal à l'aise avec mes déclarations de l'époque en garde à vue quand je disais que je voulais rejoindre l'État islamique. C'est que des propos, c'était sur le moment, j'avais vingt-deux ans, j'ai jamais compté y aller, je sais pas comment vous expliquer ça. J'étais dans le mimétisme, dans un groupe. C'est moi qui ai dit ça mais faut pas le prendre au sérieux.

Sa voix trop faible ne porte pas jusqu'à la greffière, qui lui demande de répéter des mots scandés de longs silences ; il se tient jambes écartées, mains croisées dans le dos, et son immobilité est une forme d'absence que Bart reconnaît.

À l'époque je voulais m'inscrire dans un collectif sans forcément adhérer à tout, je n'adhérais pas aux excès. Ma personnalité elle était davantage compatible avec la religion qu'avec la société hors de la religion. Au fond de moi je ne voulais pas aller en Syrie, je le disais seulement, c'était pour être solidaire d'une communauté religieuse, m'intégrer.

Un juge assesseur réprime un bâillement, l'attention du tribunal canote à la surface de ses phrases et Bart doute que le jeune homme à la voix morne fasse le poids face aux conclusions du juge d'instruction, selon lesquelles l'association de malfaiteurs terroriste est caractérisée, le projet ayant été matérialisé par des discussions évoquant un départ et la consultation de cartes de la région.

J'ai passé onze mois en détention préventive, j'ai fait beaucoup de sport pour tenir. Avant mon incarcération j'étais facteur, depuis que je suis sorti de prison et placé sous contrôle judiciaire il a fallu me sortir d'une dépression, le contrecoup monsieur le président, puis j'ai retrouvé du travail comme magasinier. J'ai toujours du mal à agir en fonction de ce que je ressens. Mais j'essaye de m'ouvrir aux autres et je me rends compte que c'est cool.

À quel niveau c'est cool ? Parce que ça va mieux, j'avance, je suis moins influençable. Vous pourriez me raconter une anecdote tendant à prouver que vous êtes moins influençable ? Non, je ne sais pas, faudrait que je réfléchisse.

Bart croit comprendre cet homme qui cherche à satisfaire les attentes du tribunal, la première d'entre elles étant qu'il se présente comme un individu souverain, un sujet responsable, quand lui se sent poreux et éparpillé, ouvert à tous les vents, sans personnalité ferme ni désir établi, cela lui va de se sentir influencé, manipulé, ballotté ; Bart se sent proche de cet homme qui se fout d'être lui et préfère désagréger son existence dans celle des autres, s'abandonner à la meute, devenir une proie entre les pattes des loups. On lui a peut-être répété qu'il devait être quelqu'un quand lui ne voulait être personne, et ça l'aura rendu malade, sombre, coupable. L'expert psychiatre a dit du magasinier que, chez lui, la conscience collective pouvait supplanter la conscience individuelle, mais à Bart cela semble une bonne chose, désirable, profitable. Se débarrasser de la prétention égotiste, vaniteuse et obtuse de toute conscience propre, de toute identité singulière et de toute biographie personnelle, des leurres – être soi n'est pas si enviable, ni si vrai. Je ne suis moi qu'à la faveur d'un espace occupé fortuitement et pour un temps seulement, moi n'est qu'une position dans le monde social, ou en dehors, moi n'est qu'une situation, toujours révocable. Bart ne le sait que trop, qui est venu ici se dissoudre, aussi par fraternité avec le magasinier et les autres, chez qui il croit déceler des signes de dilution volontaire, d'irrésolution, la conviction partagée que les individus ne maîtrisent rien et c'est heureux. Ou ne maîtrisent que leur propre escamotage.

L'audience est suspendue, et quand elle reprend quelque chose se tend dans l'air de la salle 4.33, traversé par un arc électrique venu du box des accusés, dans lequel s'est enfin levé le principal prévenu de ce procès, à bout de patience et avide de parler à son tour, plus loquace et assuré que son épouse et son camarade.

C'est à lui et il se tourne vers la cour : j'ai bien conscience d'avoir un discours virulent sur les enregistrements, mais c'était des paroles en l'air devant la télé quand j'appelais à tuer le président de la République. Je n'appellerais plus à le tuer aujourd'hui, même si je pense que s'il disparaissait le monde s'en porterait mieux. L'ingérence dans les États islamiques me paraît toujours un problème. J'assume ma vision politique de la guerre. Pour moi tout découle de la religion, c'est le centre de ma vie.

Le tribunal l'interroge sur son départ pour la Jordanie, où il se serait inscrit comme étudiant dans une école arabe.

La Jordanie c'était le compromis idéal pour rejoindre le Shâm, y'a pas que la Syrie dans la vie monsieur le président. Je n'ai jamais voulu passer en Syrie, vous êtes tous obsédés par la Syrie comme si c'était le seul pays musulman. C'est vrai que je suis allé à la frontière avec un guide, mais pas plus. De toute façon, le projet d'aller en Syrie il était irréalisable, je me suis monté la tête avec ça à un moment, c'est vrai, j'avais de l'intérêt pour cette zone, un intérêt pour ce qui se passait là-bas, je suis parti en toupie d'accord, oui je voulais y aller mais c'était irréalisable et il me semble, monsieur le président, qu'on juge des faits pas des intentions.

Bart apprécie l'insolence du prévenu, sans savoir si la hardiesse est volontaire ou naïve, mais il sait que cela agacera le tribunal, puisque, en matière de terrorisme, on juge précisément les intentions davantage que les faits, cela aussi il l'avait appris en écoutant la radio, son petit poste à piles posé au pied du canapé-lit étant son unique, mais constante, source d'information.

C'est d'ailleurs la seule chose qui aurait pu lui manquer en venant vivre au palais, cette radio qu'il écoutait surtout le soir pour s'endormir, de longues émissions nocturnes peuplées de voix doctes et savantes, où l'on prenait le temps de parler de science et de nature, de littérature et de géopolitique, d'histoire ancienne et de mathématiques. Bart écoutait la radio dans sa vie d'avant, désormais il assiste au spectacle du monde en direct depuis les bancs raides du tribunal.

C'est à l'occasion d'un de ces programmes de la nuit consacré aux attentats qu'il avait appris qu'en matière de terrorisme, les intentions suffisent, que la justice terroriste moderne et quotidienne est tout autant préventive que prédictive – incohérente et déraisonnable avait-il pensé –, les individus n'étant plus jugés sur ce qu'ils ont fait mais sur ce qu'ils auraient pu faire, non pas sur ce qui a été commis mais sur ce qu'ils auraient pu commettre, pourraient peut-être commettre – désormais, plus besoin d'avoir agi pour être coupable. Une justice qui condamne avant le délit, l'anticipant, le supputant, le craignant, parfois le délirant, une justice qui juge une potentielle dangerosité et une réelle angoisse, celle de la société tout entière, une justice soumise à l'insistance médiatique et dogmatique, à la pression de l'opinion publique et de la veulerie politique, ses intérêts bien compris, à la confusion entre attentats sanglants déjoués et errance sociale et psychologique de pauvres types. C'est ce que Bart en avait retenu, et ce à quoi il assiste aujourd'hui. Et le prévenu le sait sans doute aussi, enfermé depuis trois ans pour des soupçons de terrorisme, il a appris à le savoir dans son quartier de déradicalisation, là où on fouille les crânes à la recherche de scories haineuses, escomptant que ces scories fassent office de preuves.

J'ai voulu aller en Syrie mais je ne l'ai pas fait, je ne pouvais pas le faire. Je ne pouvais pas aller en Syrie car on ne peut pas y accéder sans invitation de la part de gens là-bas. Si j'avais pu me rendre en Syrie je serais allé dans un endroit calme, sécurisé en termes de stabilité territoriale, dans un village.

Sécurisé par qui ? Par des gens un minimum équipés.

L'homme ne se résoudra pas à prononcer le mot, à dire Daesh ou État islamique, préfère les périphrases et les esquives, les gens là-bas, les gens équipés, et le tribunal ne lui fera pas cracher le morceau.

Vous auriez fait quoi en Syrie ? Je n'avais pas de but très précis mais de l'agriculture sans doute, ce qui me plaisait dans la région c'était les terres fertiles, j'aurais semé sur un lopin de terre. Le procureur lève les yeux au ciel, les prévenus ont l'art de s'enliser, et celui d'irriter la cour avec leurs justifications foireuses et leurs dénégations.

Pourquoi ne trouve-t-on aucun signe de l'État islamique chez vous ? Parce que je suis quelqu'un qui aime la simplicité, je n'ai pas besoin d'illustrer mes convictions.

Quand, deux heures plus tard, le président du tribunal entre dans la salle pour vider le délibéré, il met en garde, craignant sans doute les réactions des proches – les yeux sont déjà rougis, les mouchoirs serrés dans la paume, les gorges étranglées –, je préviens le public qu'habituellement nous rendons les délibérés dans le plus grand silence, il n'y a pas de commentaires, il n'y a pas de pleurs non plus.

Madame – elle a baissé la tête –, vous êtes déclarée coupable de financement du terrorisme et d'association de malfaiteurs terroriste, d'avoir adhéré et participé au projet de départ et à une idéologie totalitaire. Vous êtes condamnée à trois ans de prison et un suivi socio-judiciaire, vous avez déjà passé quinze mois en détention provisoire, le reliquat de la peine sera à exécuter sous bracelet électronique, vous devrez par ailleurs travailler et suivre une obligation de soins psychologiques. Vous serez fichée S.

Le magasinier est lui aussi reconnu coupable d'association de malfaiteurs terroriste, coupable d'avoir voulu aller en Syrie et d'avoir adhéré aux thèses mortifères de l'État islamique, il est condamné à quatre ans de prison dont deux avec sursis, et trois ans de sursis probatoire, avec obligation de soins et de travail. Le reliquat de la peine sera à exécuter sous bracelet électronique. Vous serez par ailleurs fiché S auteur d'infractions terroristes, vous avez eu un comportement extrêmement inquiétant et vous devrez pointer au commissariat. Je rappelle que vous êtes accusé de faits matériels, pas pour vos idées, même si elles ont des conséquences.

Enfin, monsieur – le président du tribunal se tourne vers le box des accusés –, vous avez assumé voire revendiqué les thèses mortifères de l'État islamique, il n'y a chez vous aucune remise en question, vous avez échoué à passer en Syrie uniquement parce que les autorités jordaniennes sont intervenues, c'est la seule raison. Vous êtes condamné à huit ans de prison, avec une période de sûreté des deux tiers au vu du risque de récidive.

On avait donc bien condamné sur des intentions et des propos, condamné non pas le fait d'être allé en Syrie mais celui d'avoir consulté une carte de la Syrie dans l'espoir de s'y rendre, en remontant le plus haut possible la chaîne de causalité d'un acte qui n'aura pas lieu, le plus loin d'un crime non pas effectif mais éventuel. L'infraction d'association de malfaiteurs en relation avec une entreprise terroriste est retenue par le tribunal pour sanctionner des actes préparatoires sans commencement d'exécution, des actes qui, en eux-mêmes, pourraient être innocents, insignifiants. Pour s'en sortir, il aurait fallu que ces trois-là donnent la preuve de leur absence de nocivité, mais comment faire ? Comment prouver que l'on n'est pas dangereux ? L'innocence à la rigueur se démontre, mais pas l'innocuité. Est-ce que ces trois-là ne sont pas aussi nuisibles qu'inoffensifs ? À Bart cela semble assuré mais il ne saurait l'exprimer, comme il ne saurait trahir sa contrariété, celle qu'il ressent devant le caractère imprécis de cette infraction d'association de malfaiteurs terroriste, assez vague pour y faire correspondre une multitude de comportements, suffisamment molle pour se prêter à une justice d'exception, dérogatoire, au nom du risque zéro, pour s'abstraire du droit commun ; mais chez Bart l'amertume se signale sans excès, à bas bruit, ses traits restent fixes, l'agitation ne gagne pas son corps, les émotions rampent en silence sous la peau, ne chauffent pas son sang, atténuées dans leur expression par une nature discrète et taiseuse, alors il se contente de quitter la salle d'audience, et seule une moue de dépit ride furtivement son visage quand il découvre, face à lui, imprimé sur le mur de bois clair, narguant tous ceux qui sortent de la salle 4.33, un extrait de la Déclaration des droits de l'homme et du citoyen : *Tout homme est présumé innocent jusqu'à ce qu'il ait été déclaré coupable.*

Bart s'apprête à passer le week-end au palais, seul dans un bâtiment déserté, toute activité étant suspendue jusqu'au lundi matin huit heures trente.

Dans la nuit du vendredi, à la lumière blafarde du plafonnier, il prend donc le temps de se raser, de laver son linge qu'il suspend aux poignées de porte, aux robinets, au sèche-mains, à la suite de quoi il rejoint sa cache, une grotte pour quarante-huit heures, car Bart entend profiter de ce temps mort, de cette longue interruption, pour lui aussi se mettre en retrait, en sommeil – épouser le rythme des lieux –, pour entrer dans une forme d'hibernation brève, un jeûne momentané de toutes les fonctions vitales et intellectuelles ; ses faibles réserves de graisse corporelle ne lui permettraient pas davantage.

Il avait découvert l'hivernage de l'ours brun – un être solitaire dont il se sentait proche – dans son livre sur l'intelligence des animaux et, au moment de quitter l'appartement, s'était dit que la technique, autant qu'elle puisse être maîtrisée par l'homme, pourrait lui servir dans son exil. Il avait appris que la température de l'ours pouvait baisser de cinq degrés, son rythme cardiaque tomber à dix pulsations par minute, contre quarante en période d'activité, que ses réserves énergétiques étaient stockées sous la forme d'une couche de graisse de quinze à vingt centimètres d'épaisseur. Il ne saurait faire aussi bien mais pouvait s'en inspirer.

Vêtu d'un caleçon et d'un débardeur, de chaussettes hautes tirées jusqu'aux genoux, l'écharpe autour de son maigre cou, Bart s'enroule dans le châle, se concentre sur l'obscurité et le silence, attentif à son souffle, s'efforce d'en diminuer la cadence pour baisser progressivement son rythme cardiaque et celui du flux sanguin, cherche à ralentir son métabolisme, à entrer patiemment en hypothermie, il guette la lente plongée de son corps, le souffle qui décline, la tête qui pèse, la température qui baisse, le pouls qui s'amenuise, au bout d'une heure il sent enfin son système nerveux et réactionnel décélérer, bascule doucement dans une phase de torpeur, de léthargie profonde, cela vient, et finit par sombrer. Il sait son horloge interne fiable et précise, qu'il se réveillera naturellement à six heures lundi matin. Quarante-huit heures pour se reposer, se reconstituer, mais aussi s'effacer, atténuer encore l'empreinte de son existence.

Tout est calme, plus rien ne bouge, dans l'immobilité du palais de justice, Bart s'est emmuré. On raconte qu'autrefois on enterrait un être humain dans les fondations du bâti pour garantir sa stabilité. On pourrait imaginer que Bart, incorporé dans la structure du tribunal, soutient en secret le bâtiment, incarne ce sacrifice, sa substance vitale renforçant l'architecture, sa présence faisant tenir les lieux, sa vulnérabilité humaine, offerte, permettant la solidité de l'édifice, par transfert et métabolisation. On pourrait aussi imaginer l'inverse, que Bart ne s'est pas enfoui pour consolider la construction mais plutôt pour que s'effondre le palais de justice le jour où il quittera les lieux, s'arrachant définitivement au béton, sa présence retirée comme un étai, faisant alors s'écrouler le palais.

Ce n'était pas l'intention de Bart, venu ici reprendre la main sur sa disparition programmée, mais qui sait, si la déception devant la justice était trop grande, peut-être deviendrait-il ce saboteur.

Lundi à l'aube, comme prévu, Bart sort de son engourdissement, réveillé par la faim. Le linge a séché, qu'il replie dans le sac rose, son costume et sa chemise froissés l'indisposent, il faudrait trouver une solution, un fer à repasser, il songe encore à la salle de repos des agents de sécurité, ou peut-être celle des employés de la cafétéria, mais comment les localiser, y accéder la nuit, en espérant qu'aucune caméra de surveillance ne le surprenne. Dans l'attente incertaine de cette excursion nocturne, Bart devra endurer son allure fripée, quelque chose de moins net dans l'apparence, mais compensée par une peau impeccablement glabre, des cheveux lissés avec soin, des ongles propres, des souliers cirés et une cravate sombre au nœud Windsor, élégant et symétrique. Et la veste croisée, une fois boutonnée, cache avantageusement la chemise.

Si Bart se croit invisible, un être inoffensif et banal, c'est sans doute à la faveur de cette allure classique, de cet air convenable, qui pourrait tout aussi bien le faire passer pour un fonctionnaire du palais de justice, un administratif parmi d'autres, que pour un citoyen convoqué par le tribunal – victime plutôt que prévenu –, un honnête homme en costume sombre et chemise blanche venu demander réparation ou apporter son témoignage dans une affaire, sur lequel les regards glissent. C'est ainsi qu'il peut s'asseoir depuis des jours sur le même banc face aux écrans d'information et choisir une chambre, aujourd'hui la 10e – pénal général après instruction –, puis patienter sans inquiétude sur ce même banc jusqu'à treize heures trente, début des audiences.

Les juges sont en retard, le public se lève, l'audience est ouverte, vous pouvez vous asseoir.

Les faits sont exposés au pas de charge, il s'agit d'une jeune femme de vingt-cinq ans qui a brûlé plusieurs feux à bord d'un scooter Yamaha 125 puis percuté un autre scooter après un refus d'obtempérer, et chuté. Les policiers qui l'interpellent et la fouillent trouvent de la drogue cachée sous ses aisselles, cinquante grammes d'ecstasy et quarante-huit grammes de cocaïne. Elle refuse de signer le PV, la chambre qu'elle occupe dans un appartement en colocation avec sa sœur et le fiancé de sa sœur est perquisitionnée : mille deux cents euros en liquide dans le dressing, un sac Dior accroché au radiateur et deux cartes d'identité volées. Elle assure aux policiers que l'argent liquide correspond aux pourboires économisés quand elle était serveuse. Pour les cartes d'identité volées, elle ne sait pas. Des tests toxicologiques révèlent des traces de drogue sur les billets saisis, alors on insiste, elle finit par avouer qu'elle consomme et balance même le nom de son dealeur – on l'appelle Pom Pot – mais refuse de donner le code de son téléphone, un refus suspect et constitutif d'une infraction selon le tribunal devant lequel elle se tient aujourd'hui, quelques semaines après son interpellation. C'est parce que j'avais des photos et des vidéos intimes, je voulais pas que les flics tombent dessus.

Elle a réponse à tout et regarde ailleurs quand on lui parle, s'adresse de mauvaise grâce aux juges, Bart note un tatouage près de l'oreille, les initiales V.V., une rose sur la main, ses ongles sont longs, pointus et manucurés, elle a gardé son imposante doudoune noire en cuir, sous laquelle on distingue un minuscule débardeur de la même couleur, elle a le ventre à l'air, n'a pas fait l'effort vestimentaire attendu – une tenue sage et couvrante –, n'y a sans doute pas pensé, peu au fait des coutumes en la matière, des usages de contrition et de sérieux qui s'incarnent aussi, d'abord, dans les vêtements portés à l'audience – l'impression, bonne ou mauvaise, qu'on donne –, à moins qu'elle maîtrise parfaitement ces codes mais qu'elle nous emmerde et veuille le signifier.

Bart a ceci d'avantageux qu'il porte déjà le costume adéquat s'il venait à être jugé, et ressent une certaine appréhension à la vue de ces prévenus qui ne soignent pas leur présentation, aggravent d'emblée leur cas, le plus souvent faute de connaître les règles esthético-morales qui prévalent à l'audience, et confortent ainsi les préjugés du tribunal – le jugement étant l'expression officielle des idées reçues de la classe que la justice entend défendre, celle des honnêtes citoyens.

Son air bravache, ses manières insolentes, le chewing-gum mâchouillé avec ostentation et qu'on lui a fait cracher au début de l'audience ajoutent encore à l'appréciation défavorable de son dossier pénal ; son comportement l'accable, on sent qu'elle ne souhaite pas *collaborer avec la justice*, elle n'en voit certainement pas l'intérêt, le profit qu'elle pourrait en tirer, peut-être aussi refuse-t-elle la collaboration y voyant une forme de soumission – elle en a soupé de la soumission, elle a donné. Bart se laisse impressionner par ce mélange de maladresse et d'arrogance, tout ce à quoi il n'a pas accès, apprécie son ignorance des normes et de la bienséance, son immaturité et sa fierté, lui l'homme sec et posé ; il sent bien qu'elle énerve la cour, et même son avocat à qui elle rendra la tâche plus ardue, perdue d'avance.

Quand Bart l'a vue se poster à la barre, bien campée, il a tout de suite su – il commence à avoir une petite expérience de la justice – que la jeune femme serait jugée pour ce qu'elle est, sa conduite générale, autant que pour ce qu'elle a éventuellement commis. Peu importe ce qu'on lui reproche, d'avoir à le démontrer ou non, le soupçon porte davantage sur sa personne, et si elle n'a pas dealé de drogue cette fois-ci, elle le fera très certainement plus tard, ou l'a déjà fait, son tempérament criminel ne faisant aucun doute aux yeux de la cour, une mauvaise nature que confirme l'étude de personnalité : la mère de la mise en cause était schizophrène et elle n'a pas connu son père, a été placée en foyer à six ans puis en famille d'accueil à dix, elle est autonome depuis ses dix-huit ans, a passé un bac pro restauration, a traversé une longue période de chômage avant une récente reconversion dans le marketing digital.

La drogue, j'avais arrêté pendant le Covid et là, avec le déconfinement, j'ai fait un achat compulsif, pulsionnel, je suis une bonne vivante, j'ai beaucoup de connaissances, je sors depuis des années, mais je n'ai jamais fait de trafic, je faisais profiter mes amis c'est tout. Et je précise que le sac Dior c'est une copie. Je suis une nouvelle femme, je change de métier, de fréquentations, de milieu, je vois un psy deux fois par semaine pour décrocher de la drogue.

Elle n'entend pas faire acte de repentance mais le juge, qui la soupçonne de revendre, veut la faire avouer et commence à perdre patience, entre condescendance et agressivité : le trafic de stupéfiants c'est transport, détention, offre ou cession, cession vous entendez, vous encourez dix ans de détention, arrêtez de prendre les juges pour des imbéciles. Bon, abrégeons, monsieur le procureur, vous avez la parole.

Alors le procureur bondit, souple et vif, un chat sur une pelote de laine, ses yeux fixent un point invisible dans la salle d'audience, l'espace vide et indéterminé auquel il est censé s'adresser pour prononcer ses réquisitions, n'étant pas supposé dévisager le prévenu, tandis que la jeune femme regarde toujours ostensiblement ailleurs : madame dit que la drogue qu'on a trouvée sur elle était destinée à sa consommation personnelle, or les tests toxicologiques pratiqués ne font apparaître aucune trace de stupéfiants chez la prévenue, nous avons donc bien la preuve que ces substances étaient destinées à la revente. Par ailleurs, madame affirme que si elle a acheté en grande quantité c'était pour profiter d'un prix de gros, personne n'y croit, nous savons parfaitement que c'est en vue de céder cette drogue, et que ce soit à titre gracieux ou onéreux c'est pareillement réprimé par la loi. Le ministère public demande donc la confiscation de son argent, une amende de mille euros, l'annulation du permis de conduire, une peine de prison en partie aménageable, dix-huit mois dont douze assortis du sursis probatoire et six mois avec un bracelet électronique.

Aux premiers temps de son séjour au palais, Bart aurait été stupéfié par la peine requise, aujourd'hui il s'attendait à davantage de sévérité encore, ayant appris que les délits les plus sévèrement réprimés sont ceux qui ne font aucune victime directe, que la majorité des faits jugés passibles de dix ans de prison est liée à ce petit trafic de stupéfiants, délits pourtant sans violence, sans commune mesure avec la part la plus tragique de nos actes, mais délits rentables au regard de la pénurie de moyens, de la politique du chiffre et des passions communes – c'est facile et rapide, il suffit d'une fouille au corps à l'occasion d'un contrôle d'identité, alors le nombre d'affaires résolues augmente, et avec lui le sentiment du travail bien fait, la besace remplie : aujourd'hui cinquante grammes d'ecstasy, quarante-huit grammes de cocaïne et plusieurs mois de prison. La répression est plus dure contre une activité peu dommageable, pour des actes mineurs, c'est ainsi, alimentant les prisons en foules de petits dealeurs de shit, le plus souvent des hommes mais bientôt cette jeune femme, que Bart imagine se présentant aux portes de la prison en crop top, cheveux lissés, menton haut.

Dans l'attente, on lui a dit dix-huit mois et la prévenue ne bronche pas, fixe maintenant ses ongles manucurés, hochant la tête, ok, ok, ok, mais Bart doute que ce soit à la peine qu'elle acquiesce.

Quand l'avocat se lève à son tour pour plaider, avec certes moins d'allant que le procureur, Bart, comme tous ici, se doute bien que les juges se sont déjà fait une opinion. Il aura beau défendre que sa cliente ne peut pas vendre car chez elle on n'a trouvé ni attirail ni drogue, qu'aucune investigation probante n'a été menée pour le démontrer, qu'il n'y a ni fadettes ni géolocalisation pour prouver une quelconque activité de revendeuse, le tribunal n'écoutera pas et condamnera la jeune femme à quinze mois de prison dont douze avec sursis et trois mois ferme sous le régime de la semi-liberté. Cela signifie madame que vous dormirez en prison et que vous travaillerez dehors la journée. Vous avez compris ? Le scooter vous sera rendu mais pas le portable ni l'argent.

Même regard qui s'écarte, mêmes ok, ok, ok mécaniques, aucune réaction en réalité, mélange d'incompréhension et de renoncement, catalepsie provoquée par la sidération devant une peine qui met la vie à l'arrêt, autant que par une résignation remontant sans doute à loin, à la mère schizophrène, au père inconnu, au placement en foyer, autant de couches sédimentées qui, au fil du temps, concrètent les sentiments.

L'inertie crâne de la jeune femme est peut-être liée à cette connaissance, intime, des conséquences sociales de la politique pénale. Contrairement à Bart, elle sait dans sa chair et ses nerfs l'insécurité brandie comme enjeu électoral, les peines planchers, la prison automatique en cas de récidive légale, les circulaires transmises à la police et au parquet incitant à poursuivre tel délit plutôt qu'un autre, les forces concentrées sur le trafic de stupéfiants. Bart n'en a qu'une représentation abstraite quand la jeune femme sait tout cela d'un savoir héréditaire et intuitif, appartenant à cette catégorie désignée pour la répression, elle sait cette chose évidente et grossière, manifeste et lapidaire, et Bart aussi, à sa manière figurative, et ceux qui sont assis dans le public, amis et familles, que la police contrôle plus volontiers les Arabes sur des scooters plutôt que les petits Blancs devant la fac, qu'on ne lutte pas vraiment contre le trafic de drogue mais qu'on garde plutôt un œil sur les classes dangereuses, celles qui défilent à la 10e chambre, sur le podium de la justice, sous l'œil aguerri et blasé du tribunal, sous l'œil diligent et studieux de Bart.

Bart, qui n'a jamais eu affaire à la justice, se sait physiquement ignorant de ces réalités, hors de portée, invisible dans les rues, quand cette jeune prévenue circule à découvert, lumière qui clignote dans la nuit urbaine, feu follet, lancée à pleine vitesse sur un scooter débridé, déclenchant immédiatement les sirènes des voitures banalisées.

Et il en va de même pour ce jeune homme, encadré par la police, qui vient d'apparaître dans le box. On lui reproche un délit de fuite après avoir provoqué un accident ; on l'a retrouvé facilement, il avait laissé son pare-chocs sur place avec la plaque d'immatriculation. En état de récidive, on l'a emprisonné.

Lui aussi irrite immédiatement les juges, soulignant que personne n'a été blessé tout en niant les faits, contestant l'excès de vitesse et sa positivité aux stupéfiants. Il voudrait même poser une question, lève le doigt.

Le tribunal ne répondra à aucune de vos questions monsieur. Non mais je voulais juste dire que ça y est c'est bon j'ai compris.

Vous avez compris quoi au juste ? Le ton est agacé et ironique, c'est celui d'un adulte qui s'adresse à un enfant turbulent, alors un des assesseurs en profite, et renchérit d'une voix cassante : ce qui se conçoit bien s'énonce clairement, monsieur.

La condescendance de l'adresse n'échappe ni à Bart ni à l'avocate qui réprime une grimace d'indignation. Ici plus qu'ailleurs le mépris de classe s'exprime dans la langue, le pouvoir est du côté de ceux qui manient le verbe comme un lasso, le juge entend le signifier au prévenu et Bart guette sa réaction, se demande si le jeune homme a encaissé l'humiliation ou si la flèche est miraculeusement passée à côté, le frôlant sans l'atteindre.

Le prévenu a visiblement des difficultés de compréhension et d'élocution, qui n'ont pas pu échapper au tribunal, mais il fallait étouffer toute velléité de rétorquer, et d'ailleurs il ne dira plus rien.

Bart ne brisera pas son vœu de silence, veille à ne pas se faire remarquer, mais aimerait que, dans le public, quelqu'un se lève pour demander des explications à la cour, qu'elle nous éclaire sur le sens de cette phrase sibylline, *ce qui se conçoit bien s'énonce clairement*, vous pouvez préciser monsieur le juge ?, tandis que sur l'estrade on rit discrètement de ce bon mot, une occasion de se détendre avant les réquisitions du procureur, un procureur pressé, qui n'a pas de temps à perdre avec ce genre de multirécidiviste, il sera bref, ne prendra même pas la peine de se lever, se contentant de demander l'application de la loi en se penchant légèrement en avant, décollant à peine une fesse de son siège avant de se rasseoir d'un air blasé – je rappelle que l'incarcération est adaptée à la nature des faits et je demande deux ans de prison.

L'avocate se lève à son tour pour plaider la maladresse de son client à l'audience – il n'a pas les codes –, demande un stage de sécurité routière, d'envisager une autre pédagogie que la prison.

Si elle avait le temps, elle évoquerait plutôt la folle correctionnalisation des délits ordinaires, la manière dont on a durci les infractions au code de la route ces dernières décennies, de telle sorte que ce qui relevait d'amendes et de simples contraventions envoie désormais en prison. Le délit routier de son client sera sévèrement puni en raison de la récidive, non de son caractère de gravité, et elle aimerait plaider ici pour ces conduites sans permis, ces excès de vitesse qui font déborder les prisons, augmentent et banalisent stupidement ces peines de quelques mois dont il est coutumier – à chaque fois quelques mois pour laisser sa femme et son fils désemparés et perdre son boulot de livreur, qu'il continuera à exercer même sans permis, faute de mieux. Les juges savent tout cela aussi bien qu'elle, mais l'énoncer achèverait de décourager un tribunal à bout de nerfs.

Pourtant, après une hésitation, elle se ravise, quelque chose la décide à plaider sans ménagement, et même si elle sait la cause entendue, il ne s'agit plus de convaincre mais d'établir, d'énoncer, alors elle se lance, consciente que le tribunal lui en voudra d'être trop longue dans une audience si chargée, chronométrée.

Mon client a fait de nombreux séjours en prison pour des délits routiers et du trafic de stupéfiants, et la prison, vous le constatez comme moi mesdames messieurs du tribunal, ne lui apprend rien, ne le calme pas, n'est d'aucune utilité en matière de compréhension, de récidive, de réinsertion, ne constitue pas une réponse pénale judicieuse.

Le président l'interrompt, la presse déjà d'abréger sa plaidoirie – d'autres affaires attendent maître –, mais la jeune avocate, pas encore essorée par la tâche immense et ingrate, sait qu'elle n'évitera pas la prison à son client, alors entend au moins le gratifier d'une belle défense, dire quelque chose puisqu'elle n'a que ça, parler, même si un long temps de parole est souvent inversement proportionnel au poids de son discours dans la décision finale, parler pour l'accusé qui ne parle pas, et quitte à le déposséder de ses mots autant le faire avec témérité, quitte à le faire exister, peut-être contre son gré, autant prendre de la hauteur et désigner l'échec de la prison, autant hacker un instant l'audience.

Mesdames messieurs du tribunal, je vous le demande, qui ici peut prouver l'efficacité du choc carcéral sur les récidivistes ? Vous connaissez la réponse mais je vais le dire à votre place, la prison fabrique des délinquants, ne réduit pas le nombre de crimes, plus on enferme plus la criminalité augmente, c'est documenté, les peines courtes favorisent la récidive, et l'incarcération, la vie qu'elle fait mener aux détenus, attise la colère et la misère, ils sont rongés par l'ennui, l'arbitraire, les abus de pouvoir, les mauvais traitements, l'humiliation, la promiscuité, ils en veulent à la terre entière et à la justice en particulier, à vous tous et à moi, dehors leurs familles dépérissent, s'appauvrissent davantage, succombent à leur tour à la délinquance, à l'intérieur quand on ne s'agresse pas on s'entraide, on prépare la sortie, pas la réinsertion mais le prochain mauvais coup qui permettra de rentrer à la maison et de remplir le frigo puisqu'on a perdu son boulot en prison, les inégalités s'aggravent, sédimentent, sans retour possible. Depuis deux cents ans on ne jure que par la prison qui prospère en circuit fermé, cultive la délinquance puis enferme les délinquants qu'elle a fabriqués, coûte un prix indécent et inutile à la communauté, financier et humain, c'est un gouffre, une aberration, c'est crétin et pervers, contre-productif, mais si on continue c'est bien qu'il doit y avoir d'autres raisons que le redressement moral, la correction, la réparation, c'est qu'on y trouve un intérêt supérieur, tapi sous une couche d'arguments fallacieux et vains, la constitution d'une population cantonnée, rappelée à l'ordre. On ne supprime pas les délits mais on les borne, on les assigne, on les gère à l'échelle d'une classe sociale, à qui on tient la bride courte, une classe jugée moralement décatie qu'on réprime, la répression valant traitement des inégalités, administration de la pauvreté, escamotage du problème, paresse politique, vilénie.

Elle a expulsé sa plaidoirie d'une traite, s'interrompt, les yeux luisants et le souffle court, tandis que les juges s'agitent sur leur haut fauteuil et que le président du tribunal profite de ces quelques secondes de respiration pour reprendre la main.

Bart, qui en d'autres circonstances aurait applaudi, s'est alors tourné plein d'espoir vers le prévenu, mais il semble ailleurs, inaccessible ; Bart aurait voulu qu'il entende pourtant, qu'il en soit un peu réconforté, mais ce discours ne lui était pas destiné, et peu lui importe, tout ceci ne le concerne pas vraiment, l'audience, la peine qu'il connaît déjà, toujours la même, mécaniquement augmentée de quelques semaines à chaque comparution, la justice, la manière dont elle s'exerce, se met en scène, ne sont pas son affaire, il regarde sans comprendre, sans savoir, si ce n'est qu'il sera condamné, il regarde les juges, l'avocate, le procureur s'arranger entre eux, parlant la même langue, portant les mêmes robes, un même monde, ils bricolent ensemble, et lui dans le box c'est secondaire, accessoire, un accessoire de la justice, le prétexte pour la rendre, pas l'enjeu principal, l'enjeu c'est de continuer l'institution, la justice n'attend rien de particulier de l'accusé, il n'est qu'un parmi d'autres, elle le prend quand il est déféré, en assure le traitement, puis le laisse disparaître par la porte du fond ; l'homme devine tout cela, d'une intuition ombrageuse et silencieuse, car il est désormais habitué à la prison, peut-être fait-elle même partie de sa vie depuis toujours, comme une possibilité envisagée et enseignée dès l'enfance, peut-être a-t-il vu d'autres hommes de sa famille y aller avant lui, ce n'est plus une surprise, un accident, alors pourquoi se défendre, s'excuser, la résignation est originelle, un cadeau de naissance.

L'audience est suspendue.

Bart a étrangement faim, lui dont le métabolisme est pourtant ajusté à l'apport calorique matinal, café crème et biscuits, agrémenté des quelques sachets de fruits secs que contient sa besace. C'est une faim soudaine, comme une émotion précipitée, quelque chose à calmer. Il descend à la cafétéria et, décontenancé, choisit à la hâte une madeleine en sachet. La serveuse le reconnaît, lui demande si tout va bien – vous êtes pâle –, c'est la première fois qu'elle s'adresse à lui au-delà du strict nécessaire, Bart se raidit, fixe un point invisible derrière la femme, murmure un son atone en guise de réponse, puis paye en petite monnaie qu'il compte dans le creux de sa main et s'en va d'un pas lent, sans que la serveuse ait insisté.

Quand l'audience reprend, la madeleine lui pèse déjà sur l'estomac, il n'aurait pas dû, sa frêle constitution ne tolère aucun écart, il desserre le nœud de sa cravate, ouvre le premier bouton de la chemise et, voyant entrer le prochain prévenu, se dit que celui-là pourrait être un frère, un cousin. C'est la première fois depuis qu'il assiste aux audiences que Bart éprouve un sentiment de familiarité qui ne soit pas de l'empathie, plutôt une forme de reconnaissance, d'appartenance.

Et en effet c'est un petit homme blanc, celui-là est rond et chauve, célibataire, la quarantaine, engoncé dans un costume défraîchi couleur vert sapin, et qui a été dénoncé. Il lui est reproché d'avoir organisé une soirée libertine clandestine pendant le confinement.

L'homme affirme que c'est son métier, qu'il l'exerce en tant qu'autoentrepreneur dans l'événementiel depuis 2012, avec un chiffre d'affaires de dix mille euros par trimestre précise-t-il. L'enquête de personnalité révèle, comme toujours, une fragilité, que l'homme est un ancien alcoolique, suivi par un psychiatre pour de l'anxiété, qu'il s'est récemment réconcilié avec sa mère, qu'il a des problèmes d'argent et vit grâce à l'aide de ses proches – ils ont constitué une cagnotte pour payer son avocat.

Le juge, soucieux d'assurer la bonne moralité des débats, demande au prévenu de ne donner aucun détail précis sur le déroulement de ces soirées libertines – on ne veut pas savoir –, mais il en donnera, sans doute ignorant des limites que le tribunal entend tracer autour de la bienséance : le thème de la soirée c'était hommes qui se masturbent sur le visage de femmes, mais tout en restant habillés et en portant des masques, des masques de carnaval, des masques d'animaux, pas chirurgicaux.

La cour vous avait demandé de ne pas donner de détails.

Il fallait bien que je prouve ma bonne foi, que je vous explique qu'une soirée libertine n'implique pas nécessairement la nudité, que les mesures sanitaires ont été respectées, c'était pas pire que d'être dans le métro, et on avait des masques qui couvraient toute la tête. Je n'ai pas imaginé violer la loi, je pensais qu'une soirée privée organisée dans un lieu privé, un hangar loué par un ami, était autorisée, je me suis dit c'est peut-être idiot mais pas illégal.

Nul n'est censé ignorer la loi monsieur.

Nul n'est censé ignorer la loi – la phrase vient se coller au cerveau de Bart comme de la limaille de fer sur un aimant. Drôle de phrase pense Bart, drôle d'affirmation, de certitude, incongrue puisque la plupart l'ignorent, la loi. Et en toute logique, si nul n'est censé ignorer la loi, alors celui qui l'ignore malgré tout doit être déclaré innocent.

Mais cet homme qui ignorait la loi sera sans doute condamné malgré son innocence et en dépit de son ignorance, sincère elle aussi. Il pourrait demander aux juges de lui expliquer la loi, son sens et son contenu, il cesserait ainsi de l'ignorer et le tribunal serait satisfait, mais l'accusé n'a pas le droit de s'adresser à la cour, ce n'est pas lui qui pose les questions, on n'est pas là pour discuter. Nul n'est censé ignorer la loi et tout se tient dans le « censé », ce mot qui ne s'embarrasse pas de coïncider avec les faits, la réalité commune, puisque à part les magistrats et les avocats, on l'ignore, et cette ignorance permet de remplir les tribunaux et de neutraliser toute contestation face à ceux qui la connaissent.

En découvrant le prévenu, Bart avait pensé qu'il avait l'air d'une victime plutôt que d'un coupable, avait mis ça sur le compte d'une allure, d'un physique, mais comprend à présent que l'homme est victime de son ignorance de la loi, dont personne n'a intérêt à le sortir.

Une assesseure ironise à présent sur la profession du prévenu, c'est un beau métier dites-moi, et vous travaillez toujours dans l'événementiel ? Oui, je ne sais faire que ça, ça me rend heureux, ça m'épanouit, j'en suis fier. L'homme n'entend pas la raillerie, ne reconnaît pas la cruauté, alors l'assesseure insiste, glaciale, hors de propos, et le consentement, vous y avez pensé, elles étaient consentantes ces femmes ? L'homme balbutie, pétrifié par cette question inattendue, elles sont toutes venues de leur plein gré bien sûr, elles connaissaient le thème de la soirée, ce sont des habituées.

La moue dédaigneuse de la juge n'a pas le temps de s'épanouir en une nouvelle saillie agressive, le président du tribunal interrompt l'embardée et donne précipitamment la parole au procureur, qui sera bref de nouveau, demandant une peine amende de mille euros.

Puis c'est au tour de l'avocat, aussi capé que blasé, et on devine que cette plaidoirie lui sera une formalité : cette action contre mon client est nulle et non avenue, je rappelle que l'interdiction de se rassembler à plus de six personnes pendant le confinement était, s'agissant des lieux privés, une recommandation et non une obligation légale, je rappelle également que la soirée était organisée à dix-sept heures trente, or le couvre-feu démarrait à vingt et une heures trente, il semble donc évident, et l'avocat se tourne alors vers l'assesseure, que c'est l'activité de mon client qui pose problème à la cour, un problème moral. Je crois pourtant savoir que le tribunal juge le droit pas la morale.

Que l'homme soit blanchi, Bart n'y mettrait cependant pas sa main à couper ; il a appris de sa courte expérience au palais que les sanctions, leur caractère censément juste et proportionnel, sont souvent déterminées aussi en fonction de l'intensité du dégoût qu'a provoqué l'acte jugé. Il sait que la punition, si elle est infligée à cet homme, le sera au regard du mépris qu'il inspire, l'avocat l'a rappelé, et a vexé l'assesseure. C'est la répulsion qui caractérise le délit, pas l'inverse, et cette répulsion n'est pas toujours ajustée au dommage provoqué. Si c'était le cas, l'homme aurait été immédiatement relaxé, avec les excuses du tribunal, car ici Bart ne voit aucun dommage, personne n'a été lésé ni agressé, si ce n'est une morale faisandée.

Il a vu ce soir l'impossible délicatesse, l'absence d'aménité du tribunal, et ce spectacle ravive chez Bart un sentiment amer, qu'il entendait pourtant désactiver en venant ici, celui d'un abus, d'une tromperie. Le visage dépité du prévenu le ramène à sa propre incompréhension, celle qu'il avait ressentie devant ce supérieur hiérarchique fringant lui annonçant la fin de leur *collaboration*.

Car avant de mener cette vie de cantonnement au palais, Bart existait d'une autre manière, Bart travaillait, employé dans un bureau, au sein d'un établissement public, à la gestion administrative des dossiers, tâche qui convenait mieux à son caractère réservé que l'accueil des demandeurs d'emploi, puisque cet organisme s'adressait à eux, les accompagnait, les indemnisait, prenait en charge les allocations et les formations.

Bart aimait ce poste administratif et comptable, qui lui assurait une certaine tranquillité tout en lui permettant d'observer de loin – son bureau vitré se trouvait en retrait mais offrait une vue sur le grand vestibule, où des conseillers, alignés derrière une série de guichets, recevaient le public sur rendez-vous.

De sa place, il avait assisté, à distance, à nombre de scènes de détresse. Les pleurs, la colère, les cris parfois fusaient, certains s'emportaient, menaçants, grossiers, d'autres s'effondraient en larmes, et tous étaient à peu près maîtrisés, tranquillisés ou amadoués par les agents de sécurité.

L'humanité lui apparaissait ainsi, sous une forme légèrement voilée, différée de quelques mètres, esquivée peut-être, il en était le témoin privilégié tout en restant protégé, séparé par une vitre, mais ne pouvait se passer de la regarder en silence, soucieux de ne pas s'en trouver trop éloigné et, avec le temps, avait appris à décrypter les expressions, les attitudes, une phrase sur les lèvres, devinait les intentions, reconnaissait ceux qui venaient là depuis longtemps, sans solution, et ceux qui avaient tout juste été licenciés, lisait sans difficulté l'inquiétude, le désarroi et la lassitude sur les visages, cela se passait de mots.

Bart se considérait déjà comme meilleur observateur qu'acteur, désireux d'être affecté, mais peu d'intervenir – il n'avait pas *quelque chose* à dire, comme la plupart des gens, ne se sentait ni instigateur ni meneur –, peu enclin à s'immiscer, il se contentait de tenir parfaitement à jour les dossiers, que rien ne manque ni ne se perde ; c'était sa participation, son action sur le monde.

C'est ainsi que, quand la lettre recommandée arriva à son domicile, il fut stupéfait d'apprendre que cette participation, consciencieuse et régulière, n'était plus souhaitée. Le plan social avait pourtant été annoncé un mois auparavant, son nom avait été évoqué – les plus anciens seraient les premiers licenciés –, le délégué du personnel lui avait proposé une aide qu'il avait déclinée, refusant d'y croire, d'y penser, tout entier absorbé, comme il l'avait toujours été, dans le présent de sa tâche, ne voulant pas se souvenir du passé ni envisager l'avenir.

Mais la lettre était arrivée, sa nuit fut mauvaise et le lendemain, à l'ouverture de l'agence, tous les bureaux bruissaient de nervosité ; à la machine à café, dans la salle de repos, on ne parlait que de ça, ils étaient plusieurs à avoir reçu leur convocation à un entretien préalable au licenciement, formant un essaim autour du représentant syndical. Bart s'approcha, écouta les uns et les autres affirmer que neuf cents postes sur les cinquante-quatre mille de Pôle emploi étaient supprimés partout en France, que la direction invoquait entre autres les gains de productivité obtenus grâce à la dématérialisation des services, qu'il fallait se mettre en grève sans tergiverser, qu'on ne se laisserait pas faire, d'autant plus que d'autres plans sociaux suivraient. L'un d'eux héla Bart, voulait savoir s'il en était, si lui aussi avait bien reçu le courrier, alors il hocha la tête d'un air désolé et ne s'attarda pas, s'éloignant de la colère des autres pour s'installer à son poste de travail et se perdre dans ses pensées, examiner ce sentiment d'injustice qu'il ressentait pour la première fois, car il n'en avait été jusqu'ici qu'un simple spectateur – tous ces chômeurs qui se pressaient aux guichets, – mais jamais la victime, la proie.

Et ce sentiment d'arbitraire, d'iniquité était d'autant plus virulent que Bart s'était toujours consacré à son emploi sans zèle abusif mais avec application, ponctuel et assidu, faisant ses heures sans jamais resquiller, trouvant dans l'accomplissement répétitif de sa mission une forme de calme, son tempérament taciturne et solitaire, mais ni sombre ni hostile, lui assurant une tranquillité respectée de tous. Les échanges avec ses collègues étaient parcimonieux mais cordiaux, il partageait volontiers ses sachets de fruits secs, et tous l'appréciaient.

Quelques jours plus tard Bart se rendit donc à son entretien, dans un bureau vitré aux stores opportunément baissés, prit place face à un chef bien plus jeune et sémillant que lui, à qui il parlait pour la première fois et qui ne serait pas long : des impératifs de restructuration et de contraction des effectifs liés aux nécessités budgétaires nous obligent à nous séparer de vous malgré la grande qualité de votre travail. Sachez que vous n'êtes pas le seul, ce n'est pas personnel, et que la suppression d'un certain nombre de postes à Pôle emploi répond aux exigences de réduction des déficits publics décidée par l'État, par le ministère du Travail en l'occurrence, à laquelle nous devons participer – ce fut dit d'une voix feutrée mais ferme, et il n'y avait pas d'autre option.

On lui demandait donc de participer à l'effort de guerre, de prendre sa part dans le sacrifice humain offert aux comptes publics, mais la cause lui semblait discutable, voire stupide, car le chômage ne baissait pas, bien au contraire ; alors qui s'occuperait de ces chômeurs de plus en plus nombreux si on réduisait des effectifs déjà insuffisants ? Qu'allaient-ils devenir ?

Bart, pragmatique, resta cependant silencieux, économe de ses forces, sachant qu'il n'obtiendrait rien, ni éclaircissements sérieux ni revirement – que pouvait-il répondre ? Le service RH accélérerait le versement de son solde de tout compte et faciliterait le déménagement de son box – mais il n'y aurait rien à déménager si ce n'est un mug que Bart remplissait chaque jour à la machine à café, réticent aux gobelets de plastique trop fins, déformés par le capuccino brûlant à trente centimes.

Il eut seulement droit à une réduction du délai de préavis ; après avoir mis en ordre ses dossiers il ne voulait pas s'éterniser, et personne n'eut le cœur d'organiser de pot de départ, on prit juste le temps de boire un verre ensemble et de se souhaiter bonne chance. On lui avait dit de *rebondir*, mais Bart avait dépassé cinquante ans et considérait qu'il était trop tard pour se retrouver de l'autre côté, du côté des chômeurs qu'il voyait défiler à longueur de journée, trop tard pour s'inscrire à son tour à Pôle emploi, bénéficier de formations et d'un reclassement – il les refusa tous, les stages pour devenir comptable, secrétaire de direction ou archiviste –, trop tard pour se reconvertir, se réorienter – il préférait aller se désorienter ailleurs.

À la suite de quoi, Bart décida de quitter son studio, sans congé ni explications – pourquoi en donnerait-il, pourquoi ses actions seraient-elles lisibles quand celles des autres lui sont imposées ? –, emportant dans sa grande sacoche de quoi organiser son bivouac, sa nouvelle vie modeste et aventureuse.

Déçu, heurté par son licenciement – ce n'était ni sérieux ni légitime –, il se demandait si la justice avait encore sa place ailleurs, possiblement dans cette autre institution censée lui être dédiée. Et, au palais, il retrouverait sans doute les largués de la société qu'on l'avait forcé à abandonner. Car s'il avait décidé de quitter la ville, il ne voulait pas renoncer à observer le monde, ceux qui le peuplent, il n'aimait sa solitude – plutôt une forme de retrait – qu'à cette condition.

Au palais, il saurait regagner la possibilité de ce contact légèrement fléchi avec l'humanité, distant de quelques mètres, tout autant que trouver refuge et anonymat, il saurait s'édifier, satisfaire son tempérament attentif et méticuleux, et disparaître avant qu'on ne l'évince définitivement.

Bart n'a pas faim ce matin, se contente de quelques amandes, d'une gorgée au robinet, et ne voit pas son visage dans la glace, pourtant rasé de près. Il a lustré ses cheveux, une poignée est restée sur le peigne, les effets de la claustration sans doute, Bart n'est pas revenu à l'air libre depuis son installation au tribunal, dort peu, se meut à peine, passant de son terrier étriqué aux bancs des salles d'audience, empruntant les escalators pour passer d'un niveau à l'autre et descendre à la cafétéria. Il ne se sent pas fatigué cependant et, mis à part cette chute de cheveux inattendue, aucun signe de délitement ne s'est encore manifesté. Il ne s'inquiète pas de cela, ne s'est jamais soucié de sa santé, fréquentant peu les cabinets médicaux, à part pour des maux de ventre intermittents qu'aucun traitement n'a soulagés et dont il a fini par s'accommoder ; il se déclare donc d'attaque ce matin, et même pour les comparutions immédiates, leur rythme furieux, leur brutalité et leur clarté, celle d'une loi qui n'est pas faite pour tous, comme c'est proclamé sur les frontons, puisque ceux qui la rédigent sont rarement concernés par elle, qui ne leur est pas destinée, mais s'adresse plutôt à tous ceux qui ne l'écriront jamais – drôle de pacte –, et que les magistrats jugent une classe à laquelle aucun d'eux n'appartiendra jamais – drôle de dispositif. Bart, même s'il ne se considère d'aucun bord, sait qu'il ne fait pas partie de ceux que la loi vise.

Aux comparutions immédiates, il assiste à la lutte des classes – à nu, à cru, à l'os –, une guerre, sociale, civile et intérieure, de quelques-uns à l'allure prospère et éclairée contre beaucoup d'autres, les crasseux et les insolents, à une guerre, durcie et systématique, de l'ordre contre le désordre, il assiste à la mise en scène d'une réconciliation impossible : nous n'avons rien en commun disent quelques-uns à beaucoup d'autres.

Le président lui demande de parler plus distinctement, c'est une affaire de filouterie de taxi, un jeune homme qui n'a pas payé sa course, le chauffeur a appelé la police – et puis vos collègues ils sont venus et ils ont réglé le problème.

Je vis chez ma mère, je suis en CDI à Pizza Hut, à mille deux cents euros par moi, j'suis à la prod. La prod ? C'est-à-dire ? Je fais des pizzas monsieur le président. Ah, alors le mot complet c'est production monsieur. Oui, d'accord, je suis à la production si vous préférez. Mais j'ai d'autres ambitions dans la vie, mon but c'est de bosser dans la livraison, Colissimo tout ça. Votre casier judiciaire ne témoigne pas de grandes ambitions pourtant, vous avez commencé avec le juge pour enfants, je vois des stupéfiants, de la conduite sans permis, du refus d'obtempérer et j'en passe. Vous en pensez quoi de tout ça monsieur ? Le juge pose une question mais la réponse ne l'intéresse pas, il ne l'attend pas, continue sans un regard, ce manque de maturité va vous emmener dans un endroit précis monsieur, apparemment vous ne voyez pas le problème, mais on va vous le faire comprendre.

Le procureur demande la révocation des huit mois de sursis et de la prison avec mandat de dépôt, *une sanction exemplaire*. L'avocat commis d'office ne peut pas faire grand-chose si ce n'est se saisir des mots à son tour – une sanction exemplaire n'est pas une sanction proportionnée monsieur le procureur, vous reconnaissez demander une peine démesurée, uniquement pour montrer l'exemple, vous négligez ainsi les autres fonctions de la peine, sanctionner l'auteur de l'infraction certes, mais aussi favoriser son amendement et sa réinsertion.

L'audience est expédiée comme de coutume, chacun a parlé quelques minutes, le prévenu à peine, aussitôt remplacé par un autre jeune homme, l'un volatilisé et l'autre apparu par la porte dérobée au fond de la scène, que Bart ne voit jamais s'ouvrir ni se refermer, comme un tour de passe-passe.

Celui-ci a volé une montre Rolex avec violences, un étranglement par-derrière, dans le hall d'un immeuble des beaux quartiers à sept heures du matin. Chuis coupable. Quand le président lui demande de s'expliquer sur les faits, l'accusé économise ses réponses. J'ai reconnu la montre au poignet alors je l'ai suivi. C'était pas prémédité que je fasse ça. Je l'ai fait par hasard parce que je devais de l'argent, mille cinq cents euros car j'avais cassé le scooter qu'un gars m'avait prêté et j'avais peur qu'il me tue si je le remboursais pas.

Vous pensez quoi monsieur de ces faits ? Si c'était à refaire, je referais pas, c'est grave, je regrette. Pourquoi vous ne l'avez pas dit en garde à vue ça ? Si, je l'ai dit, c'est quoi la question ? La question c'est la prise de conscience monsieur. La question c'est que vous auriez pu faire autrement. Vous n'étiez pas obligé de voler monsieur, vous aviez le choix, vous me dites que vous n'avez pas d'argent pour vivre mais bien heureusement tous les gens qui sont dans la difficulté ne volent pas.

Le président ne dira pas comment faire autrement, quels sont les autres choix, ne proposera pas d'alternative, et Bart ne voit pas ce que ce jeune homme aurait bien pu faire d'autre que voler pour honorer sa dette. Il aurait eu le temps de se faire briser dix fois les genoux avant qu'un salaire de misère comme livreur à vélo chez Uber Eats ne lui permette de rembourser, mais le magistrat restera fidèle à la doctrine qui préside à ces singulières audiences : la misère, sa réalité crasse et butée, non négociable, cet imposant bloc de vie délabrée qui devrait prendre toute la place dans la salle d'audience, se planter là au milieu du tribunal et encombrer la vue de tous, atteindre les murs et le plafond, doit rester à la porte du palais. On accepte d'en apercevoir l'ombre furtive et rapide, la pauvreté de monsieur certes, la relégation, le chômage, le racisme, un élément parmi d'autres, et plutôt à la charge de l'accusé qu'on soupçonnera d'une récidive fatale faute d'insertion, quand cette pauvreté résorbe tout, gouverne la vie du prévenu. Bart verra le juge la saisir du bout des doigts seulement, avec une moue dubitative, avant de la lâcher et de détourner les yeux. Il ne veut pas savoir, ou le strict minimum, manière de ne pas paraître excessivement grossier, et le déni est à la mesure du bouleversement que cet aveu causerait : la précarité est implacable, inflexible, injuste. L'admettre à l'audience obligerait à relaxer tous les prévenus, à reconnaître leur impossibilité à faire autrement, car leur volonté n'est rien face à la tyrannie des forces sociales, alors on maintient l'étanchéité avec ce monde qui remue au-dehors, la foule dont Bart entend ici les échos tumultueux.

Le prévenu suit une formation de cuisinier, gagne cinq cents euros par mois, en donne une partie à sa tante chez qui il habite, et qui ne s'est pas déplacée à l'audience. La formation est une remise à niveau après avoir quitté l'école en première bac pro, car j'ai eu des problèmes judiciaires monsieur le président. Oui, je vois, pour vol en bande organisée, et vous faites quoi de vos cinq cents euros mensuels ?

J'achète des habits, à manger, je donne à ma tante, à ma mère.

Le procureur requiert huit mois sous forme de détention à domicile avec un bracelet électronique tandis que l'avocate – rouge à lèvres vif et regard courroucé – bataille sur la notion d'étranglement par-derrière : le procès-verbal des policiers me semble relever de l'opinion plutôt que de la constatation en affirmant que mon client maîtrise parfaitement la technique de l'étranglement sanguin. Or, il apparaît plutôt que le prévenu est un jeune homme maladroit aux gestes approximatifs qui a essayé tant bien que mal d'immobiliser la victime pour lui voler sa montre. La police cherche ainsi à nous faire croire abusivement que mon client appartient à un réseau de professionnels du crime – puis se rassoit avec un *je vous remercie* ironique et désabusé.

La valse reprend aussitôt, le temps est compté, et le nouveau venu se distingue immédiatement, réveille la curiosité de l'assemblée dès ses premiers mots – le président s'est redressé dans son fauteuil. Sa couleur de peau est la même mais son port, son costume et son expression, soignée et logorrhéique, sont inhabituels dans cette enceinte. L'homme, chauffeur de taxi, a eu une altercation violente avec le conducteur d'un scooter.

Je suis habité par un sentiment de honte, les faits sont d'une gravité extrême et je les regrette amèrement, ces excès me coûtent aujourd'hui très cher, j'ai eu un coup de sang impardonnable, un geste mal contrôlé, mal exécuté, la réaction que j'ai eue est totalement disproportionnée par rapport aux insultes, je voudrais présenter mes excuses à monsieur ici présent. Sa voix se brise, il se tourne vers la victime. Je ne voulais pas le faire chuter, juste le bloquer, je m'excuse, je m'excuse, je me contiens depuis douze ans que je suis chauffeur de taxi et que tous les jours je subis des incivilités sur la route.

Le président, si prompt à abréger les échanges, n'intervient pas pour modérer la parole volubile du chauffeur de taxi. Je dois avoir besoin d'être suivi par un psychologue, vous savez, ma volonté première quand je sors de chez moi, c'est de remplir mon frigo, j'ai perdu le contrôle de ma vie quarante secondes et maintenant je suis devant vous avec un sentiment de honte, ce qui s'est passé dans ma tête ce jour-là c'est une énigme totale.

On devine un homme soucieux de réussir, d'échapper à la misère de sa classe, d'embrasser la vertu, appliqué à donner des gages, et aujourd'hui dégradé, accablé d'avoir failli, s'excusant avec le désespoir de celui qui a commis un crime impardonnable, défait par le sentiment d'avoir gâché cette vie d'efforts et de mérite. Il ne s'en remet pas, de l'humiliation, de la honte de se tenir dans ce box, alors il parle pour recouvrir l'infamie, pour la faire disparaître, s'excuse de nouveau, et quand le président donne enfin la parole à la victime, il ne peut toujours pas se taire, remue dans le box, trépigne, lève le bras pour intervenir – Bart aperçoit une large auréole de sueur qui a trempé jusqu'à la veste de son costume.

Le procureur a quitté son ton vindicatif pour requérir une peine clémente – la sanction doit tenir compte du positionnement du prévenu, c'est tout à son honneur de reconnaître sa faute, je demande donc une peine de six mois assortie d'un sursis simple.

L'avocat, confiant, c'est si rare en comparution immédiate, insiste sur les difficultés à être taxi dans une grande ville et sur les regrets de son client, qui est bouleversé. Il est venu en costume, je lui ai demandé s'il avait mis son costume pour l'audience, il m'a répondu que non, que c'était sa tenue de travail habituelle, qu'il portait tous les jours son costume, voyez comme cet homme est sérieux. Puis l'avocat exprime poliment son accord avec les réquisitions du procureur, demandant seulement que la condamnation ne soit pas inscrite au casier judiciaire, afin que son client puisse continuer à exercer sa profession de taxi. Le procureur y consent avec la même déférence, nous sommes entre gens de bonne volonté.

L'accusé a surtout pour lui ce qui fait défaut à tous ces hommes que Bart voit défiler en comparutions immédiates, un travail, un contrat. Gage de réinsertion mais plus encore de moralité, d'approbation du monde tel que le tribunal le désire, car en son sein n'est pas seulement jugé le scandale du délit, celui de l'oisiveté et de l'improductivité l'est tout autant.

Ces hommes qui ne peuvent, ni peut-être ne veulent, travailler, ces vagabonds qui ne se laissent pas fixer, ces désœuvrés qui volent et profitent de la force de travail des autres, qui n'honorent pas la *valeur* souveraine, celle du labeur et du mérite, ceux-là, les rétifs et les fainéants, risquent beaucoup plus que le chauffeur de taxi.

Comme celui qui paraît à présent, un représentant de la classe des récalcitrants, un schizophrène sous tutelle, ce pourquoi il a l'habitude de se tenir dans ce box et s'en trouve moins abasourdi que son prédécesseur. À cinq heures et demie du matin, l'homme, alcoolisé, a frappé une femme dans le métro. Le prévenu reste mutique, les magistrats n'ont pas de questions, l'audience sera expédiée, seul son tuteur, présent, réfute le rapport de l'expert psychiatre évoquant une alcoolisation volontaire et délibérée – dans le cadre de la psychose on ne peut pas dire les choses comme ça monsieur le président, on boit pour calmer ses troubles –, ne suscitant que peu d'intérêt, et d'autant moins d'attention que le procureur attend son tour avec impatience.

Et quand il se lève, théâtral, j'appelle l'attention du tribunal sur un point, c'est pour dérouler un trop long discours au regard de la brièveté de ce qui a précédé et du temps imparti, réquisitions où il est question d'insécurité qui pourrit le quotidien des bons citoyens, de gens qui errent la nuit dans la ville, de mendicité agressive intolérable, de déchéance inadmissible, de laxisme et d'inaction, de nécessaire sévérité face à ce fléau social contemporain – rendez-vous compte, on ne peut plus traverser tranquillement une gare aujourd'hui à Paris –, avant de demander une peine de huit mois dont quatre mois assortis d'un sursis probatoire avec obligation de soins.

Au fil des audiences, Bart a noté que les prises de parole des procureurs, avec la dimension grandiloquente qu'exige leur statut, cèdent bien souvent à l'outrance et à la généralisation – il s'agit de tenir un discours sur l'insécurité dans les transports, l'insécurité généralisée, la menace qui se répand dans tous les plis de la ville. L'accusé est un prétexte, qui pensait avoir frappé un individu isolé mais qui en réalité a mis la société tout entière en péril, qui pensait avoir violenté une femme mais qui en réalité a giflé l'État lui-même. Bart a fini par comprendre que la dramatisation de l'acte autorisait la sévérité de la punition, le délit n'étant plus localisé, singulier, personnel, mais une agression contre la société ; c'est d'ailleurs à ce titre qu'il est répréhensible, il est un symbole, une métonymie, il dépasse largement cet homme schizophrène sous tutelle, il dépasse la victime qui ne s'est pas présentée à l'audience, comme si cela se passait entre un individu et l'État plus encore qu'entre un individu et un autre.

Il y a, dans les mots du procureur, beaucoup plus que deux personnes impliquées, un coupable et une victime, il y a nous tous, et donc Bart – mais si Bart s'exprimait, il dirait que non, qu'il ne se sent pas concerné, qu'il ne se sent pas agressé, ne ferait pas partie de ceux qui demandent justice, et n'avait même pas réussi à porter plainte le jour où son studio avait été cambriolé –, et le procureur insiste encore davantage, c'est la *Loi* elle-même qui a été défiée et dont il faut restaurer l'autorité. Ce pourquoi, dans un tribunal, tout délit, toute infraction est grave ; et si par chance elle ne l'était pas pour la victime elle le serait pour l'État, qui ne prend jamais rien à la légère.

Après un tel discours, l'avocat tentera en vain d'opposer le droit à la *Loi*, soulignant que le tuteur ici présent n'a pas été informé que son protégé se trouvait en garde à vue, argumentant qu'il est pourtant celui qui représente et qui aide, et qu'il n'a pas pu en conséquence exercer sa mission de protection.

Le tribunal suivra les réquisitions du procureur, mais Bart aura le sentiment que l'air harassé avec lequel la peine est prononcée est celui d'un juge qui sait que ces condamnations à l'emporte-pièce sont inefficaces, aveugles, finalement sans objet, qu'elles tombent mécaniquement, non parce qu'elles seraient justes, pertinentes, efficaces, mais parce qu'il faut dire quelque chose, il faut bien faire quelque chose, jouer puisqu'on est sur scène, justifier l'audience qui se tient, la présence de tous, il faut combler les exigences et la fièvre des gouvernants et des gouvernés, leur désir que *justice soit faite*. Les juges, pauvres juges pense Bart, doivent rendre des comptes, on guette leur verdict, avec sous les yeux la carte des tarifs judiciaires, le tribunal ne voudrait pas être accusé de laxisme, il doit montrer qu'il *a pris la mesure du problème*, et ne pas se mettre le ministre et la police à dos, le métier est déjà assez éreintant et ingrat comme ça.

Puis c'est un enchaînement de jeunes consommateurs de cannabis, outrageux et colériques, à bout de nerfs, ceux-là on les connaît par cœur, cela fait quelques décennies qu'on les surveille, une confrérie, toujours les mêmes, jusqu'à la lassitude, la nausée, on les parque dans les franges des villes, on les nasse, on contrôle leur identité, on y revient, on les fouille au corps, il arrive qu'on les provoque, ils ne répondent pas, alors on les insulte, on teste leur docilité, ils finissent par craquer, se rebellent, se débattent, on peut donc les arrêter sur-le-champ, pour outrage, et les adresser à ce tribunal. On les a remis à leur place, on a couvert l'arbitraire et parfois une bavure grâce au délit douteux de *rébellion contre agent dépositaire de l'autorité publique*. Ils vont en prison pour quelques semaines, en sortent, sont de nouveau harcelés, le harcèlement engendre la récidive, ça recommence, et la peine s'alourdit à chaque ronde, à mesure que le casier judiciaire se noircit et que, des deux côtés, la patience s'étiole. Ils sont ici en habitués, leur air résigné et fâché, leurs casquettes tortillées entre des doigts aux ongles rongés, leur impatience d'en finir, ils n'ont rien à ajouter, à quoi bon, plus la force de contester les faits, ils savent. Et quittent le box avec cette même démarche à la fois lasse et rogue.

Cela a duré quelques minutes, comme un intermède au sein de l'audience, une saynète connue, avant de reprendre le fil des comparutions.

Et celui qui les suit est pourtant leur frère en disgrâce, il est entré de ce même pas, l'air de celui qui a abdiqué sans renoncer entièrement à sa fierté. Sa mère a fini par porter plainte contre lui après huit mains courantes au commissariat, alors qu'il l'a menacée d'un couteau ; elle a peur qu'il passe à l'acte désormais, d'autant plus qu'il ne respecte pas l'interdiction d'entrer en contact avec elle.

Le procureur demande la prison : non pas qu'elle soit nécessaire pour faire du bien à monsieur car la prison ne fait du bien à personne, mais pour marquer la gravité des faits due à la réitération. L'aveu d'impuissance résonne à peine dans la salle d'audience, s'évanouit aussitôt, il semblerait que seul Bart ait vibré, la prison ne fait du bien à personne, le procureur l'a dit, l'a avoué publiquement.

À la suite de quoi, un tout jeune avocat au ton interloqué rappelle qu'on interdit à mon client de fréquenter le domicile familial alors qu'il n'a pas d'autre domicile. Vous voulez qu'il dorme dans la rue ? Par ailleurs, malgré un examen psychiatrique inquiétant, monsieur a obtenu son baccalauréat, s'est inscrit à l'université, c'est un profil peu courant devant votre tribunal, je vous demande donc de l'aider, non de l'enfoncer en l'envoyant en prison.

Avez-vous quelque chose à ajouter monsieur ? Je fais de la musique, du basket, je voudrais un coup de pouce.

Après la suspension d'audience, le tribunal rend ses décisions, des peines pour les jeunes fumeurs irrespectueux et le fils violent, vous avez dix jours pour faire appel ; aucun d'eux ne relève cette mention purement formelle, prononcée d'une voix machinale.

Il faut de nouveau repartir pour une salve de comparutions et Bart a maintenant le sentiment étrange que le juge a enflé depuis le début de l'audience, comme si l'ennui et l'irritation avaient dilaté sa silhouette, alourdi son visage, cerné désormais de bajoues, le menton gras reposant sur le rabat blanc plissé de sa robe, tel un personnage boursouflé d'une gravure de Daumier, caricature de la fonction. Tout son corps semble s'être relâché, à la fois distendu et congestionné, une baudruche, comme s'il allait éclater sous la pression immense et absurde, se désintégrer sous l'effet de l'accablement. La lassitude gagne maintenant toutes ses phrases, s'adressant aux assesseurs il ne s'exprime plus que par hochements de tête et marmonnements, tassé dans son fauteuil au fil des comparutions, leur rythme forcené, sans atermoiements, sans temps mort, écrasé par l'accumulation de contentieux, la litanie des stupéfiants, des vols, des violences, des trafics, ce manège sur lequel tournent toujours les mêmes, mêmes magistrats, mêmes délits, mêmes accusés fils d'immigrés, chômeurs, toxicomanes, SDF, et même peines prononcées selon une grille qui semble déterminée d'avance. Il n'a ni le courage ni le loisir d'expliquer la condamnation, de la justifier, le temps imparti lui permet seulement de vérifier les identités, de demander aux prévenus s'ils reconnaissent les faits, de les énoncer succinctement, il se contente de détenir la police d'audience, les yeux rivés sur l'horloge ; car c'est sous la guillotine du temps que repose la tête du prévenu, et plus le magistrat est agacé, plus l'avocat commis d'office blasé, plus la lame s'abattra férocement, sa trajectoire guidée par une somme d'éléments plus ou moins aléatoires – le Code pénal, l'apparence du prévenu, le surmenage du juge.

Le procureur lui-même s'en tient désormais à requérir une peine *en application de la loi*, sans même exposer cette loi, le mot semble suffire, *la loi*, un sésame, une formule magique, un procureur pourtant peu enclin à classer sans suite les étrangers en situation irrégulière ou les détenteurs de petite quantité de cannabis pour soulager les tribunaux ; ils le savent cependant, le nombre de dossiers à traiter est déraisonnable, et le président regrette certainement d'avoir accepté de juger la totalité des affaires mises au rôle par le parquet, pris dans l'éreintante routine judiciaire, l'abattage administratif, un monstre qui ne cesse de grossir et de dévorer ses enfants, qui ne connaît pas la satiété puisqu'on réprime de plus en plus, étendant le domaine de la punition à des gestes qui longtemps n'ont pas été criminels, le deviennent au gré des faits divers et des gesticulations politiques qui en résultent, alors on invente des délits, de préférence sans victimes et dont on alourdit les peines, on invente le rassemblement dans un hall d'immeuble, le racolage non plus actif mais passif, la mendicité agressive caractérisée par la présence d'un animal de compagnie, l'outrage au drapeau et à toutes sortes d'autorités plus ou moins abstraites, le port de signes religieux, on envoie les filets le plus loin possible, on ratisse large pour attraper tous les récalcitrants, les prostitués, les musulmans, les punks à chien, les livreurs à scooter, les jeunes, et puis les militants écologistes, les manifestants, requalifiés en émeutiers, bonnets rouges et gilets jaunes, en créant le délit de *participation à un groupement en vue de commettre des dégradations et des violences.*

On crée du flux, la comparution immédiate n'est plus une procédure d'exception mais la gestion quotidienne d'une somme de comportements et de gueules qui ne nous reviennent pas, on s'efforce d'être rapide, efficace et rentable mais on est submergé, on traite en temps réel, les commissariats appellent le parquet de permanence, espèrent une garde à vue, un déferement au tribunal pour améliorer leur taux de réussite, en un ou deux jours un individu interpellé fera l'objet d'un jugement, et finira le plus souvent incarcéré puisqu'on est plus sévèrement jugé en comparution immédiate que dans une procédure classique, la machine gronde, turbine, crache, brûlante et fumante, et Bart lui aussi se représente ces comparus immédiats comme des marchandises déposées sur le tapis roulant d'une chaîne d'assemblage, d'une ligne de montage, de démontage en l'occurrence, ces hommes équarris en public, dépecés par la boucle de la justice, les 3 × 8 des magistrats et des avocats, la greffière qui tape sans répit derrière son écran, la sonnerie de la pointeuse qui annonce le début de la séance, la salle d'audience transformée en usine, les peines en cadence et des coupables devenus les produits manufacturés du système pénal, une rampe de lancement les menant directement, une fois jugés, de la salle d'audience à la prison ; il imagine ces hommes propulsés par air comprimé dans un réseau secret et souterrain allant du dépôt du tribunal aux cellules des centres pénitentiaires, avalés par la trappe de la justice et recrachés à l'autre bout de la chaîne répressive.

La journée est sans fin, bientôt dix-neuf heures, la fatigue gagne, les mines sont grises mais il faut continuer, traiter toutes les affaires du jour, et celui qui comparaît maintenant est comme tous les autres, il sort de prison et y retournera certainement.

L'homme a été conduit directement au tribunal après deux jours de garde à vue, il est sale, chiffonné, il a déjà perdu, il ne fera pas bonne impression avec son allure d'inadapté social, sa mine suspecte, et l'absence de toute famille dans le public – qui aurait pu donner des gages, témoigner de son insertion et de son bon fond. Devant son air ahuri, le tribunal lui demande de réunir ses esprits ; à Bart cela prendrait un certain temps de retrouver ses esprits s'il avait été ainsi interpellé, fouillé, menotté, interrogé, malmené, enfermé puis jeté dans l'arène, sous les yeux des magistrats et du public, avec un maigre sandwich dans le ventre, après une nuit sans sommeil, sous le choc de l'arrestation, stupéfait, anxieux, désespéré peut-être.

Acceptez-vous d'être jugé immédiatement ou demandez-vous un délai supplémentaire pour préparer votre défense ? Je vous rappelle que vous pouvez répondre aux questions du tribunal ou décider de faire valoir votre droit au silence et vous taire.

L'homme n'a pas entendu, pas même compris qu'on s'adressait à lui, il regarde ailleurs, intensément, en direction d'une femme, la victime venue s'asseoir sur un strapontin devant son avocat. Ils se font face, séparés par la largeur de la salle d'audience, ne se quittent pas du regard, se jaugent, se défient. Elle ne compte pas baisser les yeux, qu'elle a noirs et furibonds, elle veut sa peau, on pressent qu'elle ne le lâchera pas, et l'huissier finit par rappeler à l'ordre le prévenu – ce n'est pas à madame que vous devez vous adresser.

Bart lui aussi trouve à cette femme un regard orgueilleux et décidé, mais ambigu, entre accusation et regret, des yeux voilés, les paupières lourdes. Plus tôt dans l'après-midi, il avait remarqué sa présence dans le public, elle s'était endormie sur un banc, à quelques mètres de lui, elle respirait fort, sa nuque cassée reposant sur la poitrine, emmitouflée dans sa longue doudoune noire, qu'elle n'a toujours pas quittée, ses épais cheveux emmêlés formant comme une masse animale sur le sommet du crâne, il avait noté sa peau fatiguée, son visage abîmé par l'héroïne.

L'homme, accusé de menaces de mort – je vais t'arroser avec de l'acide –, de menaces avec couteau sur conjoint et de violences, a aggravé son cas en garde à vue en refusant de donner ses empreintes digitales, en vociférant et en maculant sa cellule d'excréments.

Il s'exprime d'une voix heurtée, avec un fort accent, je fréquentais de la mauvaise fréquentation, je prenais trop de drogues, je voulais aller à l'hôpital pour me faire soigner, se tient voûté dans le box, bras croisés sur la poitrine, je tourne à cinq joints par jour mais avant c'était trente, je suis en dépression depuis que j'ai subi un traumatisme en Algérie, j'ai vu un homme se faire décapiter, mais elle je l'aime, elle m'a fait le courage de baisser le cannabis, et aussi le médecin qui m'a donné du Rivotril.

Quand le juge s'adresse à lui, usant de funestes formules – *en état de récidive légale*, *entrer en voie de condamnation* –, le prévenu ne peut qu'opposer son ignorance – j'ai rien compris, rien compris, c'est quoi ? –, dans une langue approximative qui ne sera jamais celle de la justice, il n'en maîtrise aucune subtilité, ne connaît pas la syntaxe judiciaire, son formalisme, ne sait même pas comment se comporter dans cette salle, quelles émotions exprimer, quels mots employer, il remplit sa fonction d'accusé frustre, peu accessible à l'échange, il n'osera pas demander des explications, des éclaircissements, essaiera en vain de capter le regard de son avocat pour obtenir un signe qui l'oriente, mais le président du tribunal s'agace de sa lenteur, de sa confusion, et plus le temps presse, plus la suffisance et la désinvolture lui deviennent une seconde nature ; bientôt il ne se tient plus et, prenant l'assemblée à témoin, levant les bras au ciel d'un air dépité et sarcastique, lance à la cantonade : il faut se mettre à utiliser le français courant pour se faire comprendre maintenant – sans que personne n'ose protester devant tant d'inimitié.

Bart a déjà compris, et finalement accepté, que les juges objectivent abusivement leurs décisions dans une langue juridique qui les dispense de reconnaître la part intime de leurs aversions sociales, mais reste toujours saisi devant le mépris quand il s'exprime à découvert, sans détour ni manières, saisi par la vérité quand elle ose s'afficher aussi frontalement.

On ne s'arrête pas sur la saillie du président du tribunal, on avance, et il est maintenant rappelé que l'homme a déjà été accusé de vente à la sauvette de tabac et de fruits et légumes. Vous êtes en train de vous constituer, tel l'écureuil avec des noisettes, un petit stock de sursis qui va faire mal quand ça va tomber. Vous m'entendez monsieur ?

Mais le prévenu n'écoute plus, échaudé par l'impossible dialogue avec les juges, il cherche plutôt à rétablir le contact avec la victime, tente encore de la harponner du regard, mains jointes dans un geste de supplication, l'implorant en silence, reprends-moi, pardonne-moi.

L'étude de personnalité nous apprend que monsieur vit depuis trois mois chez madame, auparavant il était SDF, il a travaillé sur les marchés, dans la peinture, comme mécanicien, il a été scolarisé en Algérie jusqu'au collège, puis a arrêté ses études, il est en France depuis quatre ans, en situation irrégulière.

Monsieur, vous vous rendez compte de ce que vous avez fait ? N'attendant, comme toujours, aucune réponse, le président se tourne aussitôt vers la victime, madame, envisagez-vous de retrouver une vie commune avec monsieur ?

Sa réponse, négative, claque dans l'air saturé du tribunal, et le ministère public demande un placement en détention provisoire. Le mot fait sursauter le prévenu, il se tourne de nouveau vers la cour, comme s'il découvrait la présence du juge à cet instant, secoue la tête, non non non, essuie des larmes dans la manche de son blouson, non non, je veux retourner à l'hôpital pour être soigné, j'ai déjà fait quatre ans de prison en Algérie, c'était trop dur, je veux revenir à la vie, et éclate en sanglots.

Profitant de ces larmes, l'avocat commis d'office – qui a eu trente minutes pour découvrir le dossier, maigre et hâtif, constitué des seules déclarations des policiers, et s'entretenir avec le prévenu – bondit pour pointer l'absence d'expertise psychiatrique sérieuse de son client : le psychiatre a osé dire que tout allait bien face à un prévenu extrêmement agité et confus en garde à vue, avec un comportement scatologique évident, je demande donc un renvoi afin d'ordonner une expertise psychiatrique digne de ce nom.

Mais de nouveau le prévenu n'entend plus, captivé par la présence de son amie, à qui il adresse ses pleurs en vain, et quand on lui demande finalement, du même ton las, en vertu de l'article 346 du code de la procédure pénale selon lequel l'accusé a de droit la parole en dernier, avez-vous quelque chose à ajouter ?, que pourrait-il bien dire si ce n'est, de manière rituelle autant que dérisoire et inutile, manifester ses regrets, promettre machinalement de ne pas recommencer, mais il n'y pense même pas, alors les larmes continuent de couler, la tête de balancer de droite à gauche dans un mouvement de dénégation et de désespoir, suscitant chez Bart un sentiment non pas de pitié pour cet homme perdu et violent, mais d'injustice, celle, évidente et implacable, de la vie, sa condition inégalitaire, cette injustice de la naissance que la justice ne corrige jamais, ne compense pas, mais plutôt accuse, aux deux sens du terme.

Au palais, Bart assiste au spectacle de l'injustice primitive, c'est ici qu'elle éclate, et il s'en émeut de cette même émotion sèche, blême et immobile, qui le constitue et le tient. Dans cette salle d'audience, une fois encore, nul ne saurait distinguer son trouble, son ébranlement silencieux ; le regard droit, les paumes à plat sur les genoux, l'émotion ne baigne pas les yeux, ne tord ni le cœur ni la gorge, elle reste logée dans l'ombre, elle ne se diffuse pas. Bart pourtant n'est pas indifférent à ce qu'il entend et voit, à ce qui fait naître les sentiments, mais ils prennent chez lui la forme de petits cailloux polis et froids, serrés dans le creux de la main, fichés dans le cerveau, glissés sous la langue, provoquant peut-être cette invisible crispation de la mâchoire.

L'audience est de nouveau suspendue, la fatigue gagne, Bart sort faire quelques pas, se tenant toujours à l'écart mais veillant à ce que ce retrait ne semble pas suspect ; il vadrouille, mains dans les poches, regard bas. Si sa pâleur efflanquée pourrait inquiéter, son costume et son air sérieux rassurent. Ceux qui ont remarqué sa présence l'imaginent rarement parent d'un prévenu, il n'en a ni l'apparence ni le comportement, l'envisagent plutôt comme un journaliste, un intellectuel quelconque, ou peut-être un fonctionnaire du ministère venu évaluer les audiences, ou encore un retraité précoce, cultivé et désœuvré, qui désire s'édifier au contact des choses de la justice.

Pour sa part, Bart a appris à distinguer les différents publics, ils ne s'assoient pas aux mêmes places, leurs regards ne divaguent pas de la même manière, ils n'ont pas la même aisance, la même attention, certains sont encombrés de sacs, d'autres s'endorment sur le banc du fond, certains ont l'air seuls au monde, d'autres se tiennent par le bras, certains sont arrivés en groupe, agités de messes basses, d'autres, les plus nombreux, sont les proches des prévenus. Bart repère aussi les citoyens curieux, venus pour se faire une idée, des lycéens excités accompagnés de leur professeur, des couples de vieux militants, des étudiants en sociologie, des avocats en civil, et celui-là, aussi assidu que lui, emmitouflé dans sa parka raide de crasse, une petite pile de vieux exemplaires du *Monde*, journaux lus et relus, effrités et baveux, soigneusement pliée sous le bras, sans doute un homme sans attaches et sans activité, venu ici se mettre au chaud, à l'abri, voir du monde, du mouvement, occuper son temps d'une bonne manière et un banc sans qu'on l'en déloge.

À la reprise de l'audience, avant même que le prévenu ne décline son identité et que l'affaire ne soit résumée, quelque chose dissone dans la présence de ce jeune homme à l'allure soignée, de celle qu'on a peu l'habitude de voir en comparution immédiate, procédure réservée à certaines populations, quand d'autres, mieux nées, accèdent aux procédures pénales classiques pour lesquelles ils reçoivent une convocation et ont le temps de préparer leur défense.

L'homme, qui vit dans l'Ouest parisien, est étudiant en master de droit et engagé dans diverses associations d'aide aux sans-abri et aux migrants, il fait des maraudes, donne des cours de français. Il est par ailleurs accusé d'avoir posé une balise sur la voiture de sa conjointe pour tracer ses déplacements, d'avoir dissimulé un micro dans la salle de sport où elle s'entraîne avec ses amies afin d'enregistrer leurs conversations, de l'avoir espionnée, surveillée, harcelée, de lui avoir fait du chantage au suicide, de l'avoir frappée sur le poignet après une énième crise de jalousie. Il a été placé en garde à vue après avoir violé son contrôle judiciaire lui interdisant d'entrer en contact avec la victime. Et le voilà dans le box.

Son avocate précise d'emblée qu'il a des troubles psychiatriques, souffre de psychose paranoïde depuis dix ans et qu'au moment des faits il avait suspendu son traitement, après une hospitalisation de quinze jours.

Le prévenu, immobile, fixe son avocate avec une intensité préoccupante. Le juge tente de le sortir de sa stupeur. Monsieur, c'est moi que vous devez regarder. Monsieur, de quoi vivez-vous ? Quels sont vos revenus ? Son regard pivote lentement vers le magistrat. Je vis avec l'aide de mon père et de mes grands-parents. Je vis avec un compte de la Banque postale qui est devenu un PEL qui est devenu un compte courant sur lequel il y a vingt mille euros. C'est le compte ouvert par mes grands-parents quand j'étais enfant. Sa parole est lente, précautionneuse, articulée, il jette des regards à une femme dans le public, on devine sa mère, elle acquiesce.

Le procureur, rapide, concis, mais cette fois sans effet théâtral, demande une détention provisoire – un simple contrôle judiciaire ne suffit pas pour protéger la victime.

Puis l'avocate s'élance, l'air juvénile et appliqué de celle qui a peut-être été commise d'office pour la première fois, la robe flambant neuve, l'épitoge avec fourrure signalant son appartenance à la conférence du stage : la concubine de mon client, avec laquelle il est pacsé, est présente à l'audience, elle est là, regardez, à côté de la mère du prévenu, elles sont ensemble, se soutiennent, et soutiennent mon client. Elle s'est volontairement rendue chez lui, ce pourquoi il a violé son contrôle judiciaire, ce n'était pas de son fait, c'est elle qui l'a poussé à la faute. Je vous signale également que quand monsieur a été interpellé à son domicile, mademoiselle était présente, de son plein gré, on ne peut pas vraiment dire qu'elle le fuit.

Bart remarque que les deux femmes, conjointe et mère, ne se regardent pas, leurs yeux restant braqués sur le jeune homme, cependant que leurs mains se frôlent à intervalles réguliers, de furtives caresses ; il ne saurait dire si ces gestes sont involontaires ou intentionnels, s'ils trahissent un sentiment, s'il faut les interpréter, il se demande si le juge les voit, s'il en tirera des conclusions, doute en réalité qu'il s'intéresse à autre chose qu'aux discours des uns et des autres et surtout aux pièces du dossier, quand il y aurait tant à comprendre des gestes, des postures, des regards, mais tout ceci n'entre pas dans le formalisme judiciaire qui expurge la vie de nombre de ses manifestations.

L'avocate s'appuie maintenant sur l'expertise médicale indiquant que l'homme n'est pas dangereux quand il est sous traitement. La prison n'aurait aucun sens pour lui, il a neuf comprimés à avaler par jour, il doit être hospitalisé la semaine prochaine pour être stabilisé, le renforcement de son contrôle judiciaire est une peine largement suffisante et la seule raisonnable.

L'affaire semble sur le point de s'achever quand un événement inattendu vient réveiller une assemblée qui avait de nouveau fléchi sous le poids des heures et des récits de malheur. Un témoin s'avance à la barre, dit qu'il est avocat puis, ménageant un temps, une incertitude, qu'il est le père du jeune homme et qu'il est venu, en cette qualité d'avocat, le défendre. D'une voix chancelante mais ininterrompue, il raconte alors la maladie de son fils.

Messieurs du tribunal, ce sera ce soir ma dernière plaidoirie après quarante ans d'exercice, pardonnez-moi si je suis maladroit, c'est que je n'ai pas l'habitude du pénal, j'étais spécialisé en droit commercial, mais je veux plaider pour mon fils, c'est dur vous savez pour un père d'emmener son fils à l'hôpital psychiatrique pour qu'il y soit enfermé.

Le juge s'est rétabli – Bart note qu'il a désenflé à présent, et retrouvé forme humaine –, bras croisés sur la poitrine, l'air courroucé, mais ne l'arrête pas, pourtant enclin à écourter les prises de parole des prévenus et des avocats ; l'homme à la barre est de sa confrérie, il le laisse parler, se contentant d'éviter son regard.

Monsieur le président, je voudrais plaider pour mon fils car il s'est pris en main, il se soigne, il mérite de reprendre sa vie, et d'ailleurs, regardez, sa compagne est présente à l'audience, c'est bien qu'elle n'a pas peur de lui, donnez-leur une chance, monsieur le président, je voudrais que mademoiselle puisse s'exprimer pour donner sa version des faits et témoigner de son amour pour mon fils.

Non monsieur, c'est impossible, on ne va pas faire complètement n'importe quoi non plus, j'aimerais que vous puissiez vous rasseoir maintenant. L'emploi associé du conditionnel et du subjonctif frémit à l'oreille de Bart, cet agacement contenu, cette exigence courtoise, cette requête précautionneuse piquent son tympan.

Le père s'exécute, l'air penaud, on l'a écouté cependant, à la faveur de son statut. Bart doute que cette intervention aura été profitable au prévenu, à qui l'on donne maintenant le dernier mot et qui n'a plus qu'une chose à dire : je crois que ma place est au centre hospitalier lundi à quinze heures.

À la suite de quoi l'audience est renvoyée, le juge estimant l'affaire trop complexe pour qu'elle soit traitée en comparution immédiate. Bart aurait aimé qu'il considère avec le même scrupule la complexité des affaires précédentes, mais les pauvres hères à la mine farouche, aux manières grossières, au français approximatif ou inexistant, n'ont inspiré au président du tribunal aucun doute ni suspension du jugement.

Il est près de vingt et une heures quand l'audience se termine enfin, les mines sont pâles et cernées, on se hâte vers la sortie tandis que Bart, fourbu par cette journée, rejoint discrètement les toilettes, tamponne sa nuque endolorie puis se hisse péniblement dans sa cache.

Il s'allonge sans ôter ses chaussures ni dénouer sa cravate, il pourrait immédiatement s'endormir mais quelque chose perturbe l'espace clos et exigu où il se meut à peine ; Bart a le sentiment qu'une intrusion a eu lieu en son absence, comme si les sacs contenant ses effets avaient été fouillés, sa paillasse dérangée, son terrier habité par un autre. Pourtant rien n'a été déplacé, les sacs sont à leur place, suspendus à la poutrelle, tout y est, le savon, les piles, les chaussettes, la liasse de billets, c'est un sentiment qui vient d'une évidence plus impalpable, une inquiétude à présent, d'avoir été découvert.

Il fixe l'obscurité, aux aguets, calme sa respiration, il sent quelque chose, une odeur, acide et piquante, d'ammoniaque, légère mais qui trouble l'air confiné et poussiéreux qu'il a l'habitude de respirer ici. Une odeur suspecte et maintenant une présence, il en est certain, il n'est plus seul, il a senti un mouvement, un déplacement, infime et fugace mais quelque chose a bougé, a traversé cet espace minuscule.

Bart, qui ne peut pas se redresser, déplie alors le bras d'un côté puis de l'autre, rien, se retourne pour attraper la lampe dans le pochon blanc, allume avec appréhension, place la lampe sur son front et aussitôt l'aperçoit. Une souris. Petite et ronde, d'un gris pâle et soyeux, qui le fixe, visiblement peu effrayée. Bart tend doucement la main vers l'animal, qui ne s'enfuit pas, approche un minuscule museau, il sent la caresse de ses vibrisses, un souffle mince et chaud, une intrusion finalement bienvenue, une présence inoffensive, la souris lui sera un compagnon, peut-être même une sentinelle, le gardien de son antre, il lui rapportera des miettes de biscuits, elle l'alertera en cas de danger et partagera son secret.

Il chuchote pour ne pas l'effrayer, lui parle, de clandestinité commune, la souris émet un couinement puis disparaît, mais Bart entendra encore ses piaulements réconfortants et s'endormira bientôt au son apaisant de la bestiole.

Au petit matin la souris s'est tue, Bart descend, se frotte le crâne au savon de Marseille, coupe ses ongles, courts et carrés, manière de compenser l'aspect désormais négligé de sa veste, de son pantalon – seule sa chemise de rechange donne un peu de netteté à l'ensemble –, il s'époussette, ne voit toujours pas son visage dans la glace, ce teint de plus en plus bistre, privé d'air et de nourriture variée, mais de nouveau remarque une odeur inhabituelle, cette fois il perçoit qu'elle vient de lui, il exhale quelque chose de rance, et le plâtre, l'humidité, le métal – à force, il prendra bientôt l'odeur des murs et leur teinte froide comme la mort.

Comme souvent il est le premier client à l'ouverture de la buvette, cette même présence familière et taciturne que personne n'ose brusquer, des *comme d'habitude*, des hochements de tête suffisent à l'échange, mais aujourd'hui, et la serveuse s'en étonne, Bart décide de délaisser le café au lait et les biscuits, ils ont peut-être contribué à lui donner cette odeur suspecte qu'il voudrait effacer, comme si ces effluves désagréables pouvaient le trahir. Varier son alimentation donnera sans doute un meilleur parfum à sa peau, alors il commande un jus d'orange et un pain au chocolat luisant de beurre, mâche et déglutit lentement, se donnant le temps d'incorporer la nourriture, de raviver son teint – la saveur grasse de la viennoiserie lui est finalement agréable.

Rencogné à sa place du fond, il observe comme chaque matin l'arrivée rituelle des consommateurs, ce sont d'abord les agents du palais, puis les avocats, et enfin leurs clients ; on chuchote, on conciliabule, on se concentre, on règle les derniers détails devant un café. Bart capte les relents d'une conversation entre deux avocats assis derrière lui, il y est question d'une affaire d'inceste qui, fait exceptionnel, ne se tiendra pas à huis clos, de l'opportunité de rendre les débats publics, des années en plus ou en moins que risque l'accusé, alors il rapproche sa chaise pour mieux entendre, les avocats lui jettent un regard suspicieux – ils reconnaissent cet homme terne qui déambule souvent dans les étages –, Bart ébauche un très pâle sourire, replonge dans son jus d'orange mais tend l'oreille, ils évoquent maintenant le père, qui sait se rendre particulièrement antipathique et n'aurait pas pris la mesure de ses actes, puis Bart apprend enfin que l'audience se tiendra à treize heures trente en salle 3.22, et se dit que le moment est venu.

Maintenant que son esprit est suffisamment affûté par la justice ordinaire, par ces journées au tribunal correctionnel, son corps rompu à ces heures accumulées sur les bancs du public, son regard tanné par le spectacle de la misère et de la violence, ce serait pour lui, cette fois, l'occasion de découvrir les assises, dont il ne connaît finalement que quelques comptes rendus radiophoniques, l'occasion de se frotter à la part la plus exceptionnelle et dramatique de la justice, celle qui examine les crimes, à la part la plus sinistre et abstruse du genre humain, celle qui exige de la patience et de l'application pour être entendue et recueillie – oui, Bart se dit qu'il est temps, et se demande s'il en sera impressionné.

Ce sont d'abord les robes rouges et l'hermine des magistrats qui donnent à l'audience ce caractère cérémonieux, puis les jurés citoyens, assis de part et d'autre des juges, dont Bart scrute les visages à la recherche de sentiments, comme il avait coutume de le faire depuis son bureau vitré de Pôle emploi ; l'une a gardé son manteau malgré la chaleur étouffante, comme sur le point de repartir, un autre a l'air accablé, ils affichent des mines interloquées, rebutées ou concentrées, certains grimacent discrètement à l'évocation des faits ou opinent du chef, prennent des notes ou gardent les bras croisés, un seul tente de se composer une expression neutre, un port imperturbable. Le peuple, au nom duquel la justice est rendue, n'est plus seulement dans le public, il est ici sur l'estrade et Bart n'envie pas leur position, le sentiment d'impuissance et d'insatisfaction qui les attend.

Le père de trente-huit ans a avoué l'inceste dès l'ouverture de l'audience, il a violé sa fille pendant deux ans avant qu'elle ne finisse par en parler à sa mère – parfois papa me touche les fesses. La présidente de la cour d'assises rappelle que, dans ses premières déclarations, l'accusé évoquait – je vous cite – des gestes pas adaptés d'un père sur sa fille de sept ans, des pressions au niveau de son sexe et des tentatives de fellation, mais pas de pénétration ou de contrainte physique. Vous avez d'abord réfuté le viol, aujourd'hui vous reconnaissez des éjaculations faciales et sur l'épaule, des pénétrations digitales, anales et vaginales. Il acquiesce, confirme les attouchements, mimant les gestes du bout des doigts, comme soucieux d'exactitude dans la recomposition de son crime.

L'assemblée bruisse, encaisse la crudité, la férocité des mots, et des gestes, puis retrouve son souffle quand est évoquée, en des termes familiers et des images ordinaires qui remettent le monde en ordre, la vie de l'accusé : issu d'un milieu modeste du bassin ouvrier, père artisan électricien et mère assistante comptable au chômage. L'homme a déserté sa classe sociale en intégrant une école d'ingénieurs à Paris avant de devenir un brillant informaticien et de fonder avec succès une start-up puis une deuxième.

Un transfuge de classe dont l'expert psychiatre appelé maintenant à la barre – tignasse emmêlée, veste de velours côtelé et vocabulaire abscons – s'apprête à débiter en morceaux la vie psychique, afin d'éclairer le tribunal, peut-être à la recherche du criminel tel qu'il aurait existé avant même son crime, peut-être pour établir sa nature déviante et que les choses s'expliquent.

L'expert, prolixe, commence par évoquer un processus de défense – le contact est de bonne qualité, le sujet s'inscrit dans l'échange mais exprime ses regrets de manière mécanique, à travers un discours intellectualisé mais plaqué, il ne montre pas d'émotion, n'a pas d'expression empathique, déplore ses actes, mais intellectuellement pas émotivement, il agit comme un ordinateur, transmet des données sur les faits, comme l'informaticien qu'il est, il a une tendance à la perversion mais n'est pas pervers, je veux dire que son profil se rapproche du champ de la perversion, mais il a aussi de l'amour pour sa fille. Je note qu'il a subi une intervention chirurgicale dans l'enfance en raison de testicules non descendus, qu'il a pratiqué l'urophilie avec une femme quand il était plus jeune, qu'il mentionne une absence de vie sexuelle depuis la naissance de leur fille.

Sur l'estrade une jurée note sans discontinuer tandis que son voisin mâchouille un bouchon de stylo d'un air circonspect ; Bart se demande comment ces deux-là sauront se mettre d'accord au moment des délibérations, s'accorderont sur la pertinence d'une expertise psychiatrique qui leur échappe en partie, poursuivie en ces termes : le sujet présente de bonnes capacités au niveau des fonctions supérieures, un bon niveau socio-culturel, il a été diagnostiqué haut potentiel dans l'enfance, il n'a pas de troubles de l'humeur, pas d'appétence pour des produits illicites, ne souffre d'aucune affection de type psychose, aucune anomalie mentale n'a pu intervenir dans la commission des faits reprochés, on ne relève pas d'état d'effondrement psychique, on pourrait parler le concernant de paraphilie à connotation pédophilique.

Le rapport s'achève sur ce diagnostic savant, le couperet lexical qui tranche la tête du coupable et laisse les jurés désemparés. La présidente le remercie sans lui demander de préciser le sens de paraphilie, tandis que l'avocate a une question – est-il possible de guérir de la perversion ? – à laquelle elle n'obtiendra pas de réponse claire.

Dressé dans le box, sourcils froncés, l'accusé a écouté le psychiatre avec attention, sans signe d'agacement ni de réprobation, et Bart en éprouve une gêne, qu'il espère partager avec au moins une partie du public. Il est si troublant de parler des gens devant eux à la troisième personne comme s'ils étaient absents, de les appeler *le sujet*, de vider publiquement le contenu de leur existence, sans rien omettre des détails scabreux, des événements les plus privés et secrets, comme on vide un rat éventré sur la paillasse d'un laboratoire. Qu'il s'y reconnaisse ou non, l'accusé ne peut répondre, n'aura la parole qu'à la fin ; dans l'attente il est réduit au silence et tous les visages se sont tournés vers lui, le pédophile paraphilique.

L'embarras de Bart est surtout celui du regard. Comment bien regarder l'accusé se demande-t-il. La sentence vient d'abord des yeux, qui ont déjà condamné, le regard est tout ce qui reste de la vindicte populaire dont le tribunal est censé protéger l'accusé. Bart aimerait que ses yeux puissent voir autrement, se contentant d'effleurer la surface – vœu pieux –, que les siens soient neutres – impossible. En réalité, il ne faudrait pas regarder, car le regard est un piège, qui nasse l'homme dans son box, cette cage de verre où s'expose et s'offre la proie, sans possibilité de se dérober, de se soustraire ; il comparaît livré au supplice de nos yeux voraces, de nos yeux qui lynchent, qui vengent le crime commis, œil pour œil, littéralement.

On pourrait tenter de regarder l'accusé comme un parfait inconnu, Bart essaye, ferme les yeux, compte trente secondes, les ouvre et s'efforce de voir, seulement voir, un homme, le détailler, sa corpulence moyenne, ses cheveux clairsemés bruns, sa pâleur, une ride qui barre son front, un jean, puis se détourne, se trouvant idiot, se sentant coupable, de la torture scopique qu'il lui inflige.

Un premier témoin est appelé à déposer, un ami d'enfance, pharmacien, qui lui n'aura aucun regard pour l'accusé.

On avait des échanges nourris et réguliers sur le sport, les sujets d'actualité, il était très cultivé, très instruit, et très drôle, il s'était élevé socialement et depuis il méprisait sa mère. C'était un père investi avec sa fille, gentil et attentionné, je suis tombé de l'armoire quand j'ai su, on était tous sidérés.

Quand la présidente lui demande de parler de la petite fille, le témoin se raidit, éclate en sanglots, on lui fait passer un mouchoir, il dit qu'il ne peut pas, s'excuse, finalement se reprend quand elle l'interroge sur d'éventuels indices ou signes avant-coureurs, avez-vous remarqué quelque chose qui aurait pu laisser imaginer que. Tout ce que je peux dire c'est qu'il avait une relation fusionnelle avec sa sœur, une proximité dérangeante, à l'âge de seize ans elle s'asseyait encore sur ses genoux.

Je vous remercie. La présidente suspend le témoignage, peut-être pour ménager un effet, une transition, que les jurés gardent en tête cette proximité dérangeante, ce signe, cette piste.

On s'empresse alors de faire entrer la sœur, l'indice. Fluette et bouleversée, elle décline son identité, sa profession, agent pénitentiaire. Elle est venue témoigner des attouchements commis par son frère.

Sa voix faseye dans le silence du tribunal, c'était des tentatives de pénétration avec son sexe, des cunnilingus dans la chambre et dans le salon, peut-être trois ou quatre fois, quand j'avais huit ans et lui seize, j'ai tout enfoui, je n'osais pas faire ou dire quoi que ce soit, j'avais peur. Elle s'arrête pour pleurer et à ses larmes répondent celles de la mère de la petite fille, partie civile recroquevillée dans le public, qui secoue la tête d'incrédulité et de dégoût. Il a échoué à me pénétrer. La présidente demande des précisions, car j'étais sur le ventre, allongée sur le lit et je refusais de me retourner. Une autre fois il a pris ma main pour que je le masturbe. Alors la présidente, d'une voix atone, vous compreniez ce geste ? Je savais que ça ne se faisait pas. Il a éjaculé sur vous ? Non, ça non. Cela a duré plusieurs mois, j'avais honte, je savais que c'était interdit, je me sens coupable, si je l'avais dénoncé, la petite fille de mon frère n'aurait pas subi ça.

Vous vous sentez coupable de ne pas avoir parlé mais si la cour vous dit que vous n'avez pas à vous sentir coupable, vous l'entendez ? Non je ne l'entends pas. Elle se cramponne à la barre, les yeux secs maintenant mais la mâchoire vissée par la colère, la voix gutturale, mon frère n'existe plus. Parce qu'il vous a fait ça ou parce qu'il a recommencé ? Parce qu'il a recommencé. J'espérais être la seule sur laquelle il ait testé ses déviances sexuelles.

Elle ne se tournera pas vers le box, Bart non plus, qui n'a plus besoin de regarder pour savoir que l'accusé vacille, il lui suffit d'observer les visages des jurés, tous semblent dire : enfin, enfin tu te fissures, tu romps ; ils attendent l'effondrement.

L'avocat général, petit homme nerveux secoué de rictus, aux gestes fébriles – et on ne saurait dire si c'est sa nature ou la violence de l'affaire qui l'agite ainsi –, s'adresse maintenant à cette femme pour la réconforter, l'assurer du soutien de la société tout entière, vous avez fait votre travail de petite fille, vous avez serré les jambes, vous avez résisté, vous avez sauvé votre peau, vous n'êtes coupable de rien. Et regardez la mère qui est là dans le public, elle ne pense pas que vous êtes coupable, elle pense que vous avez fait votre travail de petite fille – et en effet la mère redressée sur son banc acquiesce, lui lance des regards implorants qui disent oui, oui c'est vrai, ne t'inquiète pas, ça va aller.

Mais rien ne semble pouvoir convaincre la sœur et pas davantage les derniers mots de la présidente qui l'encourage à consulter, psychiatre ou psychologue qui vous voudrez mais faites-vous aider, ne restez pas comme ça, ne suscitant aucune réaction, aucune réponse ; Bart croit même deviner un imperceptible haussement d'épaules, la regarde quitter la salle avec précipitation, tête basse, une belette détalant devant la menace, une sœur qui a fait ses adieux à son frère et à son enfance et ne compte pas y revenir, mais qui ne se dit pas pour autant que les choses passent, ni peut-être même qu'elles se surmontent.

Bart aimerait savoir si elle est satisfaite de voir son frère en prison, elle, l'agent pénitentiaire, qui connaît si bien la vie carcérale, est-ce qu'elle croit aux vertus dissuasives et réparatrices de l'enfermement ? Sans doute se réjouit-elle, mais de quoi précisément ? Que ce frère déchu soit puni et mis hors d'état de nuire, qu'on le neutralise et l'empêche de récidiver, certainement. Peut-être croit-elle aussi dans la réhabilitation morale et sociale que doit permettre l'incarcération, dans la réparation qu'elle incarne. *Afin d'assurer la protection de la société, de prévenir la commission de nouvelles infractions et de restaurer l'équilibre social, dans le respect des intérêts de la victime, la peine a pour fonction de sanctionner l'auteur de l'infraction et de favoriser son amendement, son insertion ou sa réinsertion.* Bart n'y croit pas mais y croire permet sans doute de compenser la gêne, la gêne – la honte peut-être – de punir, quand la punition ressemble si souvent à une vengeance. Alors on assigne à la répression d'autres objectifs, on lui attribue des propriétés bénéfiques, on détourne l'attention, on évoque la rééducation, le redressement, la guérison, et châtier n'est plus seulement cette tâche ingrate, peu glorieuse, châtier deviendrait presque aimer, car qui aime bien châtie bien.

Bart voudrait savoir ce que fait cette sœur du trouble désir de vengeance, elle qui travaille là où on lui a donné une forme différée, acceptable, de cet élan vengeur primitif, de ce mouvement spontané et brutal dont s'est saisie l'institution pour le rendre présentable et légitime, l'institution à qui nous avons mandaté cette charge vengeresse. Ce que fait cette sœur de la souffrance, celle que la peine doit toujours infliger au coupable et qui se doit d'être proportionnelle au crime commis. Comme si la souffrance administrée à l'accusé pouvait être mise en rapport avec la souffrance vécue par les victimes, comme s'il existait une économie de la souffrance et des punitions et que l'administration d'une douleur en compenserait une autre.

Bart ne comprend pas comment la justice s'y prend pour déterminer cette parité, cette équivalence, mais il conçoit comment cette sœur pourrait désirer pour frère le maximum de souffrance, la souffrance qui engendre la colère qui engendre ce désir de vengeance, un désir absolu, sans négociations ni arrangements. La logique est implacable : s'il n'y a pas de peine sans souffrance administrée, c'est qu'il n'y a pas de peine prononcée sans désir de vengeance, une vengeance qui de directe, immédiate, expéditive, est devenue pénale, déléguée, concertée, car il s'agit toujours d'avoir le dernier mot de la vengeance, le dernier mot de la violence, ici légitime.

Bart voudrait que le mot soit prononcé dans cette cour d'assises, vengeance, il en ressentirait une forme d'apaisement, de réconciliation avec la justice. Que les choses soient dites et un dialogue serait enfin possible.

La mère fait maintenant son apparition, succédant à sa fille par la même porte latérale, celle des témoins, presque accolée au box. Elle ne semble pas avoir renié son fils et, depuis le début du procès, c'est la première fois qu'un regard de compassion et de tendresse se pose sur l'accusé. Elle a immédiatement tourné la tête vers lui en entrant, a souri. Il a suffi de ce geste bienveillant pour que Bart cesse de penser à la vengeance, maintenant tendu vers cette mère à la présence vigoureuse – petite femme avenante et corpulente, au visage abîmé mais aux mèches blondes soignées, une tête ronde et joviale à la Galabru, elle s'avance en trottinant vers la barre, en robe rouge sous une veste en jean brodée de perles et de strass, triturant son parapluie, rouge lui aussi.

Avant que je sache ce qui s'était passé, mon fils c'était le fils que toutes les mamans auraient rêvé d'avoir. Puis tout s'est écroulé, je n'ai pas gardé de lien avec lui depuis son incarcération mais là je suis contente de le voir quand même. Jusqu'ici j'ai toujours été fière de lui.

Vous aviez des contacts réguliers avec lui ? On se voyait deux fois par an avec mon fils, sa femme et ma petite-fille, alors tout le monde faisait un effort pour que ça se passe bien.

On a parlé de précocité intellectuelle à son sujet, vous confirmez ? Enfant il était haut potentiel, il s'ennuyait à l'école, il était turbulent et à l'époque y avait pas de prise en charge comme aujourd'hui pour ces enfants-là. À deux ans et demi il connaissait par cœur les capitales européennes. Il était jamais invité aux anniversaires, il avait pas trop de copains, alors j'ai été voir un psychologue qui a dit qu'il suffisait d'un seul ami dans la vie, qu'on n'a pas besoin d'en avoir dix mille, bref il nous a pas trop aidés.

Comment avez-vous réagi quand vous avez découvert que votre fils consultait des sites pédopornographiques à dix-sept ans ? Il a été envoyé devant le juge des enfants, qui m'a dit que mon fils n'était pas pervers, que c'était juste un dérapage, qu'il avait fait ça par curiosité, et qu'on pouvait passer à autre chose. Il n'a pas été condamné, n'a même pas eu une admonestation, alors je ne me suis pas plus inquiétée que ça. Elle tire sur sa robe trop courte, a laissé son parapluie glisser au sol.

Madame, l'accusé déclare qu'après l'épisode de la consultation d'images pédopornographiques, vous lui auriez balancé au visage des revues pornographiques en lui déclarant : tiens, masturbe-toi sur des choses légales. La mère se redresse, outrée : non c'est impossible, jamais de la vie, c'est faux. Elle se tourne vers son fils, c'est pas possible, tu le sais très bien. Si maman, si, tu l'as fait. Non, jamais il n'y aurait eu de revue pornographique chez moi. On n'a jamais eu ça nous.

L'échange cesse sans que la présidente ait besoin d'intervenir, ni la mère ni le fils ne veulent insister, s'affronter, peu importe doivent-ils penser, et si le regard de la mère se détourne du fils c'est pour préserver le peu de lien encore vivace, pour ne pas se fâcher publiquement, c'est ainsi que l'éprouve Bart, pour ne pas détruire définitivement ce qui lui reste d'instinct de protection ; et on ne veut pas savoir qui ment dans cette affaire de revue porno, alors passons à autre chose, mais les autres choses sont plus terribles encore.

Madame, votre fils dit avoir subi des viols et avoir été victime d'inceste dans son enfance, il dit aussi qu'il n'en a jamais parlé à personne, on n'est donc pas obligé de le croire. Mais nous aimerions avoir votre sentiment sur ces déclarations. Il évoque un cousin de dix ans de plus que lui qui l'aurait masturbé quand il avait cinq ans. Puis le fils d'un de vos amis à qui il aurait fait une fellation à l'âge de sept ans. Puis un camarade de classe qui l'aurait violé. Il affirme aussi avoir eu des relations sexuelles avec ses cousines entre l'âge de onze ans et l'âge de dix-huit ans, et en avoir agressé certaines. Nous n'avons aucune preuve, ce sont ses propos, mais que pouvez-vous nous dire à ce sujet ? Savez-vous si lui aussi a subi des attouchements ?

La mère ne tangue pas, accablée mais qui se tient, elle a ramassé son parapluie, saisit la barre de l'autre main, et d'une voix à la fois assurée et désolée : je ne sais pas, je ne sais pas. Il n'y aura ni pleurs ni voix qui s'étrangle. Bart est partagé, admirant sa fermeté mais aussi dubitatif devant une forme, légère mais insistante, de désinvolture, de déni, de mise à distance peut-être, il ne trouve pas le mot juste, comme si cette femme nommait l'extrême gravité des choses sans tout à fait y accéder.

Comment envisagez-vous l'avenir avec votre fils ? Pour l'instant rien, je n'envisage rien du tout. Vous savez, je n'en ai parlé à personne dans la famille ni autour de moi, je garde tout pour moi – les mots sont douloureux mais la voix ne flanche pas davantage.

Je n'y suis pour rien dans ce qu'il a fait mais je me sens responsable quand même, c'est moi qui l'ai mis au monde, elle est là la culpabilité, et je me suis aperçue de rien. Mais aussi on ne m'a jamais rien dit, comment je peux être au courant si on ne me dit rien. Le mot s'accroche, rien, c'est sans doute ce qu'elle voudrait qu'il soit arrivé, rien, renvoyer au néant cette tragédie, et ne plus avoir à se demander si elle aussi porte une responsabilité, la question est sans fond, sans réponse fiable. Bart la regarde partir comme elle est venue, claudiquant légèrement sous l'effet d'une santé précaire, cette mère qui ne veut plus voir son fils mais lui sourit, qui se sent responsable mais pas coupable, qui est fière et honteuse, qui sait et ne sait pas, et qui n'a même pas mentionné sa fille, sa fille violée par son fils, mais qui n'existe pas.

Le dernier témoin à être appelé avant la suspension de séance est le conseiller pénitentiaire d'insertion et de probation chargé de suivre l'homme placé sous main de justice. Il suit l'accusé depuis trois ans, depuis le début de sa détention provisoire, se montre loquace et enjoué à l'idée d'évoquer ce détenu qui semble le fasciner. Pour la présidente, il s'agit d'éclairer la personnalité de l'accusé, pour le conseiller, le CPIP, sans doute rompu à des profils moins glorieux, il s'agit davantage de souligner sa singularité – il est extrêmement actif, très intelligent, énergique, créatif, il fait preuve d'empathie et d'intérêt pour les autres détenus, de beaucoup d'humanité.

La présidente le coupe rapidement, agacée par ces compliments : l'expert psychiatre a pourtant mis en avant sa froideur et son manque d'empathie, peut-être, monsieur, outrepassez-vous vos fonctions en jouant au psychologue, j'aimerais plutôt que nous nous en tenions à des éléments plus objectifs, l'accusé parle-t-il des faits avec vous ?

Le conseiller botte en touche. Je tiens à souligner que l'accusé est très bien intégré en détention, malgré des faits qui le plus souvent isolent ces détenus et les exposent à la vindicte, les auteurs d'infractions à caractère sexuel sont habituellement honnis par le reste de la population carcérale. Monsieur est enfermé dans le quartier de confiance de la prison, semi-ouvert la journée, qui propose des cours, des activités, une certaine liberté dont ne jouissent pas les autres détenus. Ce régime favorable de détention est réservé aux personnes particulièrement respectueuses du règlement et, au moindre incident, elles en seront expulsées.

Le CPIP, enthousiaste, insiste sur les multiples activités et initiatives de son protégé – il passe son temps à lire et à écrire, un roman qu'il voudrait publier chez Gallimard, il joue aussi du piano, et il a lancé un incubateur de start-up pour aider les détenus qui voudraient monter leur entreprise après la prison.

Le conseiller est de nouveau interrompu par le tribunal, peu sensible à sa ferveur. Vous qui avez l'air si psychologue, croyez-vous à la sincérité de ses aveux, de ses remords, ou pensez-vous qu'il s'agit d'une stratégie pour bénéficier d'une liberté conditionnelle ou d'une remise de peine ? Madame la présidente, je crois que c'est, comme souvent, un débat impossible à trancher.

La cour met un terme à l'échange et le conseiller repart d'un air vexé, enfoui dans son blouson. L'audience est suspendue, la présidente avertit le public qu'à la reprise on projettera l'audition de l'enfant, que ce sera rude, et que ceux qui préféreraient ne pas voir ça peuvent rester dehors. Bart n'ose pas s'éloigner, se contentera cette fois d'un café à la machine, devant laquelle on fait maintenant la queue en s'adressant des regards brefs et entendus, des sourires désolés. Bart rentre la tête dans les épaules, baisse les yeux, ne veut pas recevoir de signes ni en émettre.

La pause ne dure pas, on entre à nouveau, seule la mère sort précipitamment, sans doute a-t-elle hésité jusqu'au dernier moment, alors qu'un écran descend au-dessus des têtes des jurés et que les lumières s'éteignent.

Le visage de l'enfant apparaît et le père réprime aussitôt un cri, ravale un hoquet, laisse finalement couler des larmes silencieuses, il dévore l'écran des yeux, scellant son front à la vitre du box, le regard exorbité, n'a pas vu le visage de sa fille depuis trois ans, n'est pas assuré de le revoir un jour.

À l'écran Bart voit une enfant se tortiller sur un banc tandis que, hors champ, une voix adulte et féminine se fait entendre : est-ce qu'il y a quelque chose que tu voudrais dire, un secret que tu ne pourrais pas dire ? Non. Elle gigote davantage. Tu fais quoi avec papa ? Un silence puis : ah tu sais dimanche je vais à l'anniversaire d'une copine. Super, j'espère que vous allez bien vous amuser. La voix laisse l'enfant se disperser puis la ramène doucement aux faits. Et le soir, papa il vient te voir dans ton lit avant de dormir ? L'enfant esquive de nouveau, parle d'autres choses, la voix la suit un moment puis revient toujours au sujet, et l'enfant finit par lâcher : papa fait des caresses sur ma nénette pour m'endormir, c'est un secret. Il me demande de monter et descendre sur son zizi – on la voit mimer le geste – et ça lui fait faire pipi blanc. Quand il fait pipi sur moi c'est blanc mais quand c'est dans les toilettes c'est jaune. Il m'a fait pipi sur la tête déjà. Une seule fois il m'a mis le doigt dans la nénette et dans les fesses mais moi j'aime pas ça fait mal. Pour rigoler je lui dis que j'aime pas. Il fait ça depuis que j'ai trois ou quatre ans. Il veut que je suce son zizi mais j'ai dit non.

L'écran remonte, la lumière se rallume sur les jurés, ils se tournent à nouveau vers le public, vers Bart, qui les observe, ce que les images ont imprimé sur leurs visages, défaits ou indignés, affectant le détachement, impassibles ou stupéfaits, se cherchant une contenance ou laissant l'horreur décomposer leurs mines déjà pâles. Après un silence, quelques secondes vitrifiées, les corps se remettent à remuer sur les bancs, les gorges s'éclaircissent, on reprend ses esprits, il est temps de faire revenir la mère, qui va maintenant témoigner en tant que partie civile.

C'est une femme en pleurs qui entre de nouveau dans la salle et tout son témoignage sera heurté de larmes – car je revis la stupeur madame la présidente, c'est l'instant que je redoutais le plus mais c'est nécessaire.

On lui demande de parler de l'accusé, on voudrait comprendre l'homme, au moins s'en approcher.

Il n'exprimait jamais d'émotions négatives, ni colère ni tristesse, il disait toujours que la vie était un jeu, on joue, on tente et puis on perd ou on gagne. Rien ne semblait l'affecter. Une de ses boîtes a fait faillite et il s'en foutait de mettre tout le monde au chômage, c'était un jeu pour lui, un de plus. Et il continue en détention, il joue, il n'est pas sincère.

Qu'est-ce qui le touchait ? Rien à part son propre succès, uniquement ce qui lui arrivait à lui, jamais ce qui arrivait aux autres. Moi je l'embarrassais car j'exprimais trop vivement mes émotions.

Qu'est-ce qui vous a séduit chez lui ? J'ai été attirée parce qu'il était intelligent, drôle, léger face à la vie, joueur justement.

Quel père était-il ? Avec sa fille c'était tout pour le jeu aussi, il était comme un enfant avec elle, ils jouaient tout le temps ensemble, je gérais seule la charge mentale, c'est moi qui assumais l'autorité. Mais je n'étais pas inquiète, car lui qui ne montrait jamais rien, n'exprimait aucun sentiment, soudain avec l'enfant – elle ne dit jamais ma fille, elle ne l'appelle jamais par son prénom, elle la désignera comme l'enfant pendant tout le procès –, il était démonstratif, expansif, et je trouvais ça rassurant, joyeux. Et vous savez, nous formions une famille éclairée, cultivée, on parlait de tout à notre enfant, des familles homoparentales, on lui a dit très tôt que personne n'avait le droit de la toucher, on lui a même lu un livre sur l'inceste, son père lui a lu un livre sur l'inceste, vous vous rendez compte.

À la barre, elle mime la chute, les genoux qui plient, les bras ballants, le corps qui s'affaisse, elle ne dit plus rien maintenant, préfère le langage muet de la chair, puis finit par se redresser, prête à affronter les questions suivantes, à voir sa vie dépecée en public, pour la bonne cause se dit-elle sans doute, celle de la justice, ou accède-t-elle plus crûment, plus frontalement, à l'idée, au désir plutôt, elle aussi, de vengeance ? Le mot claque-t-il dans sa tête ?

Bart murmure le mot en lui-même, vengeance, vengeance.

Elle expose sans trembler leur absence de sexualité depuis la naissance de l'enfant mais vacille à l'évocation de cette psychologue grossière qui en avait déduit que la mère aurait dû se méfier, se poser des questions, que son mari devait nécessairement chercher ailleurs une vie sexuelle, laissant planer un doute sur la part de responsabilité de cette femme naïve et un peu sotte.

À la fin de sa déposition elle aura tout dit sur sa jeunesse timorée, sa sexualité empêchée, sa vie rangée, elle aura purgé, vidangé tous ses souvenirs, avant qu'on ne lui pose une dernière question – comment va votre fille et comment allez-vous ? Elle ne m'a plus jamais reparlé de ce qui s'était passé, ça va à peu près, c'est une très bonne élève, mais elle ne veut pas voir de psychologue et évoque très peu son père. Moi je tiens, j'ai repris mon métier d'orthophoniste.

Elle se rassoit, défaite et soulagée, alors que se lève l'avocat général. Sa voix mesurée insiste sur la dangerosité de l'individu et le risque de récidive, sur le travail à accomplir pour parvenir à la pleine conscience de ses actes – monsieur dit « quand je reverrai ma fille », mais ce n'est pas lui qui décide quand et surtout s'il la reverra même un jour.

Il requiert douze ans, tenant compte du fait que l'homme a avoué. Et tandis que la défense soulignera les agressions sexuelles subies par l'accusé dans son enfance, l'avocat général rétorquera que, le juge d'instruction n'ayant pas vérifié ces dires, ce qui existe c'est le doute et rien d'autre.

Il a le dernier mot et tous les regards, qui l'avaient délaissé pour se rassembler sur les victimes, se tournent à nouveau vers lui, d'une manière brusque, presque étonnée, comme si on avait oublié sa présence. Les jurés sont à l'affût, guettant des mots décisifs, des aveux nouveaux, mais l'ultime déclaration sera déceptive, froide ; l'accusé se lève et s'adresse à la présidente sans frémir : à l'époque, je n'ai jamais perçu la moindre contrainte sinon j'aurais arrêté. Ce qui ne veut pas dire qu'après l'excitation ne venait pas le dégoût. Mais je croyais que c'était un plaisir partagé. À l'époque. Aujourd'hui j'ai compris la domination que j'exerçais. Je dois travailler pour obtenir le pardon de ma femme et de ma fille.

Il sera reconnu coupable de l'ensemble des infractions et condamné à quatorze ans de réclusion, deux ans de plus que les réquisitions du procureur, un suivi socio-judiciaire pendant huit ans avec injonction de soins, une sanction de cinq ans en cas de non-suivi, et une peine complémentaire d'inéligibilité de dix ans, dont l'annonce surprend Bart, en l'absence de lien évident entre cette dernière condamnation – ne pas pouvoir se présenter à une élection, ne plus pouvoir exercer de fonction publique – et le crime commis.

L'accusé, marmoréen, ne cille pas. On annonce que suivra une audience civile pour fixer l'indemnisation et une éventuelle déchéance de l'autorité parentale, et Bart pressent que cet homme qui vient de recevoir sans émotion la sentence, un long enfermement, pourrait bientôt s'effondrer si on le privait de ses droits de père.

La séance est levée, le public sort en silence, recueilli et recru comme à l'issue d'une longue cérémonie expiatoire, et si Bart n'avait pas fait vœu de silence et d'immobilité il aurait approché un juré à la sortie du tribunal pour connaître les motifs de cette peine d'inéligibilité, dans laquelle il ne voit qu'une sanction gratuite, un geste d'humiliation, manière de redoubler l'exclusion hors de la communauté et, selon Bart, défaite de la justice devant la tentative de compréhension du pire. Il n'y voit que la compensation d'un échec, celui de ne pas avoir pu prévenir le crime, mais plus encore celui de ne pas pouvoir comprendre et concevoir une telle infamie. De loin il examine en vain les visages qui se dispersent et rejoignent la sortie, à la recherche d'indices qui lui donneraient une explication, il traque les marques de satisfaction, de soulagement, de dépit.

La grandeur ne saurait résider dans la punition, la prison est sans qualité et déshonorante, mais, pour la première fois depuis que Bart habite le palais de justice, et malgré le sentiment de vengeance, il a trouvé une vertu à l'oralité des débats, celle que l'on prête aux assises et qu'on ne rencontre jamais aux comparutions immédiates, du mérite à l'audience, le temps et l'espace qu'on prend, pour nommer les êtres et les choses, représenter et manifester, un espace abrité, une durée qui s'étire, la parole qu'on laisse s'écouler, de la patience, et peut-être la présence imparfaite et hésitante du peuple sur l'estrade, même symbolique, son œil de témoin, son oreille publique, c'est mieux que rien.

Si punir n'est pas glorieux, si la justice ne répare rien, parler et écouter, le minimum requis dans cette enceinte, peuvent être avantageux, estimables, Bart le relève.

Il commande cette fois un simple lait chaud, paye d'un billet de cinquante euros défroissé – il a épuisé ses petites coupures, les cinq, dix et vingt –, se perd dans la contemplation du liquide doux et crémeux, légèrement mousseux, absolument blanc. Il pense à la vie au-dehors, aux pies de la vache dont a jailli le lait, à son goût prononcé, tiède et onctueux, il pense à la neige, vierge et poudreuse, dans laquelle il aimait se laisser tomber enfant, à l'écume légère des vagues, aux matières immaculées, les yeux rivés à la surface du lait, sa beauté réconfortante, sa texture veloutée, la vision du lait le console et le tranquillise, mais il ne sait de quel désarroi, ni ce qui a causé cette émotion, si peu coutumier des sentiments soudains qu'il a du mal à les identifier, à les relier, à en saisir l'origine, quelque chose l'a troublé cependant, que cette gorgée de lait fumant apaise.

Est-ce l'audience qui a agacé ses nerfs, frotté sa cervelle, tordu son estomac ? Ou les mots trop plats et convenus de l'accusé ? Ou la rage de la sœur, les pleurs de l'épouse, l'impuissance de la mère, cette étrange peine d'inéligibilité, la raideur froide de l'expertise psychiatrique, le silence des jurés, la vengeance à qui on fait porter un autre nom, le gâchis, le sabotage de la vie, sa défiguration ?

S'il s'est réjoui du temps accordé aux mots, le spectacle de la justice ne peut le satisfaire, non pas son inévitable approximation, mais le régime de peine auquel elle aboutit assurément, une machine qui vient déverser ses prévenus toujours au même endroit, par cet embout étroit qui mène invariablement à la taule. Rien d'autre n'est concevable, les condamnations sont sans surprise, la liberté qu'on s'accorde ne s'exerce que dans les limites étriquées de l'obsession carcérale, quelques mois, quelques années en plus ou en moins, mais la prison est indiscutable, emblématique, une évidence, un dogme, qui contrarie la simplicité pragmatique de l'ancien agent de Pôle emploi – les prisons sont pleines de chômeurs et ça n'est pas une solution, cela aggrave le mal –, et son aversion pour la violence de l'incarcération. Comme si une peine de substitution n'était pas vraiment une peine, les travaux d'intérêt général par exemple, comme si le droit restitutif, de réparation du préjudice, ne pouvait jamais suffire, le droit pénal, répressif et expiatoire, assurant seul la garantie d'une punition digne de ce nom. Dans la tête des juges la prison est inéluctable et incontestable, banale même, elle satisfait le plus grand nombre, réunit policiers, magistrats, politiques, citoyens, nous tous – *l'opinion publique* –, communiant autour de l'idole carcérale.

Fut un temps pourtant, Bart le sait, cela aussi il l'avait appris en écoutant la radio, où l'on concevait mille peines – exclure, exiler, bannir, exposer, humilier, blesser, mutiler, compenser –, mais désormais on enferme, on incarcère à l'exclusion de tout autre châtiment, délaissant les punitions alternatives dont Bart se demande si la justice gagnerait à en rétablir certaines, non pas les châtiments corporels et publics, la flagellation, la mutilation, la pendaison, la décapitation, le bannissement ou le travail forcé, mais peut-être une forme d'infamie, puisqu'il faut bien nourrir la bête.

L'infamie avait ceci de profitable qu'elle se situait hors de l'enceinte judiciaire, le jugement des sentiments collectifs remplaçant celui des juges, le coupable était publiquement dédaigné, couvert d'opprobre, on le fuyait, l'évitait, le désapprouvait d'une moue impitoyable et d'un regard noir, la nouvelle de son crime se répandait dans la communauté, tous l'apprenaient et cessaient de lui parler, par indifférence, mépris ou colère, à son passage on murmurait des anathèmes et des reproches, ça jasait, certains crachaient au sol, d'autres certainement à son visage, on se détournait en sifflant entre ses dents. L'infamie avait ceci d'avantageux qu'elle relevait d'une réaction commune, spontanée et unanime, une peine répondant immédiatement au crime, s'agençant aux faits commis, sans intervention d'un tribunal, sans application d'un code écrit. La punition ne résidait plus que dans la honte, l'honneur défait, la solitude mortifiée, et avec le temps elle permettait l'effacement, la réconciliation, elle laissait une trace dans les mémoires mais pas dans la chair du coupable, et la possibilité d'un oubli.

S'il lui fallait punir, s'il était contraint à occuper la position du juge, Bart choisirait sans doute, par défaut, un moindre mal, ce châtiment ; il sait qu'au palais une telle punition serait inacceptable, irrecevable, mais, s'il ne s'était pas lui-même réduit au silence, s'il n'avait pas suspendu sa parole, définitivement tenu dans la réserve, il dirait à ceux qui se réjouissent de la prison comme d'un châtiment plus humain que les supplices corporels, que l'écartèlement et la guillotine, qui se félicitent que l'on soit passé d'une violence administrée directement aux corps, marqués au fer rouge en public, à la privation de liberté, considérée comme le plus précieux de nos biens, qu'ils triomphent à la hâte, car la prison reste une contrainte physique exercée sur les condamnés, une violence soustraite à nos regards, détournée, escamotée, lente et insidieuse, la violence de la promiscuité dans un air confiné, de l'appauvrissement de tous les sens, de la claustration dans un espace strictement minéral ; des taulards pris dans les privations, les obligations, les interdits, les restrictions, l'isolement, qui dépérissent en cellule, privés de lumière, de mouvement, de plaisir, de bonne nourriture, de vent et de pluie, privés d'amis et de familles, avec pour seuls compagnons les rats et les cafards, des détenus qui vieillissent plus vite, plus mal, plus faibles, les mines sont ternes et creusées, les membres engourdis, les cœurs fragiles. La prison n'est pas seulement un lieu de privation de liberté comme on le proclame, mais un lieu d'amenuisement des corps, c'est aussi le sens de la peine, le dogme pénitentiaire, les détenus doivent souffrir, une règle tacite imposant qu'à l'intérieur de la prison, les prisonniers vivent plus mal qu'à l'extérieur les plus pauvres, les plus démunis – un régime de cancrelats.

Peut-être est-ce cela qui affecte Bart devant son lait chaud, la vengeance qui ne dit pas son nom et la prison devenue le versant invisible du travail pénal, dépositaire de cette violence que la justice ne veut pas voir, préférant s'en délester auprès des matons, la déléguer à cette administration affectée aux basses œuvres – la pénitentiaire –, tandis que les magistrats continuent à incarner abusivement la part civilisée de la peine. Mais nous ne valons pas mieux que les juges, pense Bart, nous manquons du même courage, moi aussi je mandate, je me débarrasse, je me détourne, nous voulons la sévérité mais rester ignorants des conséquences.

Le gobelet de lait est vide, un peu de mousse sucrée a durci sur les bords, que Bart gratte avec sa spatule ; il est le dernier client, la serveuse lui annonce d'une voix précautionneuse qu'on va fermer, il se lève aussitôt, maintenant pressé de retrouver sa cache qui ce soir lui semble si enviable, avantageux ces chutes de carton et ce châle de laine dans lequel il s'enroulera, délicieux ce dernier sachet de noisettes grillées qui constituera son dîner, accueillant cet espace confiné à la température idéale. Bart s'estime chanceux, n'envisage plus sa vie autrement, et devoir sortir du palais serait pour lui un échec, une capitulation.

Après une nuit de réparation, assommé par le procès de la veille et ses conséquences psychiques, et comme un antidote aux assises, Bart monte ce matin jusqu'au tribunal de police, une petite salle perchée sous les combles du palais, là où s'exerce la justice la plus prosaïque, celle de la vie courante, des conflits coutumiers, et qui n'attire aucun public.

On y juge des infractions bénignes, des contraventions punies d'amendes, on y éprouve la passion des hommes ordinaires pour la plainte, le dépôt de plainte, les réclamations et la dénonciation. C'est un défilé de gens furieux, contrariés, irrités par leurs semblables, ou accusés de tapages en tous genres, de nuisances, de méchanceté et d'agressivité, de manque de civilité, ce sont des voisins, des riverains, des commerçants verbalisés par des policiers zélés, ce sont les témoignages de l'exaspération quotidienne que provoque la vie collective.

À la barre s'avancent côte à côte une femme âgée, casquette et blouson, appuyée sur une canne, et une infirmière venue la traiter à domicile pour une blessure au genou. Selon le résumé des faits, énoncé par un juge à l'allure aussi tenue et digne que s'il présidait un grand procès, au cours des soins, l'infirmière a sorti de sa poche son portable pour répondre à un appel, ce que conteste la patiente, qui l'accuse d'avoir voulu prendre des photos de son appartement sans autorisation ; s'en sont suivis des coups de canne de l'une sur la tête de l'autre, l'infirmière a refusé de terminer les soins, elles se seraient battues, puis l'infirmière aurait quitté précipitamment l'appartement après l'avoir traitée de salope, poursuivie par la vieille femme – personne n'ayant l'air de relever, à part Bart, la probable difficulté à poursuivre une femme de vingt ans de moins avec une blessure au genou. C'est au titre de la plainte déposée contre l'infirmière qu'elles sont réunies pour une confrontation.

Je sais très bien qu'elle a voulu prendre des photos de chez moi car c'est très bien décoré, c'est très fleuri, très beau, propre et rangé, c'est très tentant de vouloir prendre des photos – son avocate confirmera dans une succincte prise de parole qu'en effet l'appartement de madame est particulièrement somptueux et entretenu.

L'infirmière nie, l'accusatrice la traite de menteuse, le ton monte, le juge hausse la voix à son tour pour les faire taire, le procureur soutient que les violences ne sont pas caractérisées et demande la relaxe de l'infirmière, tandis que l'avocate de la plaignante réclame mille euros au titre de dommages et intérêts.

L'audience a duré quelques minutes à l'issue desquelles l'infirmière remercie chaleureusement le juge pour la relaxe, remerciements dont il s'agace, irrité par son ignorance du fonctionnement de la justice : l'affaire n'est pas finie madame, elle est mise en délibéré. Affaire suivante.

Bart imagine ce juge relégué au tribunal de police après avoir commis une faute, rétrogradé suite à un blâme, affecté au tout-venant des infractions inconsistantes et répétitives, une sorte de purgatoire pour professionnels de la loi, à moins que ce ne soit le fait d'un moindre niveau de compétences, ou peut-être a-t-il désiré ce poste, cet observatoire du quotidien et des passions humaines, à l'écart des grands drames criminels et de la violence, dont l'examen vous entame certainement, peut-être a-t-il choisi de se tenir au ras de la justice, la confiance chevillée au corps, convaincu de son rôle de prévention et de pédagogie, soucieux de rétablir un fonctionnement de la cité plus harmonieux, malgré son air sévère et son ton sec.

Il n'en reste pas moins que le solennel de l'audience – ce sont les mêmes robes, les mêmes effets oratoires, la même gravité que pour un procès au pénal – semble saugrenu, voire ridicule quand il s'agit maintenant de juger ce fringant quarantenaire des beaux quartiers, pour tapage nocturne.

Vous organisez fréquemment des fêtes dans votre appartement, au moins six par an selon les témoins, avec de la musique forte et jusqu'à trois heures et demie du matin. Votre voisin, un monsieur d'un certain âge, dit qu'il est monté chez vous à vingt-trois heures trente pour faire cesser le bruit et que vous lui avez répondu : si vous n'êtes pas content, appelez la Gestapo.

Le procureur sera concis : il semblerait que vous ne portiez pas la police dans votre estime puisque vous la comparez à la Gestapo, c'est votre problème. Je demande que le tribunal vous reconnaisse coupable et vous condamne à une amende de cent euros. L'homme acquiesce, serein, affable, il connaît les usages et cent euros ne lui sont rien, présente des excuses formelles, au plaignant, à la police et même au tribunal – mes paroles ont abusivement dépassé ma pensée, je le regrette, je vous remercie monsieur le président – et repart comme il était venu, nonchalant.

Le jeune homme qui lui succède n'a pas la même assurance, il tient un fast-food en pied d'immeuble, dont les habitants dénoncent les nuisances olfactives. Il a été mis en demeure par la ville d'installer une hotte et une ventilation mais n'a jamais fait les travaux – ça coûte vingt mille euros monsieur le président et avec le Covid c'était compliqué financièrement, mais là je m'engage à les faire.

Très bien monsieur, nous vous avons entendu, on vérifiera dans un an si vous avez tenu parole, sinon ce sera la sanction. Suivant.

Il y aura d'autres nuisances, d'autres tapages, des insultes, des lettres recommandées négligées et des retards de paiement, puis ce jeune patron de débit de boissons. Il est fébrile, retient sa colère, est accusé de ne pas avoir respecté, pendant le confinement et la fermeture des bars et restaurants, les règles de la vente à emporter. Il a été verbalisé pour vente d'alcool sur la voie publique, soutient qu'il se conformait strictement à la vente à emporter dans des gobelets en plastique.

Pour que cette vente soit caractérisée comme vente à emporter il faut des couvercles sur les gobelets monsieur, aviez-vous des couvercles ? En outre, les gens consommaient sur place, aux abords immédiats de l'établissement.

C'est jusqu'où les abords ?

Ne soyez pas insolent. Les procès-verbaux relèvent que les gens consommaient sur la voie publique. Non monsieur le juge, ils faisaient la queue. Monsieur, un procès-verbal ne peut pas se contester et fait foi jusqu'à preuve du contraire, or vos déclarations ne valent pas preuve contraire. L'homme, de plus en plus agité et désespéré, veut se défendre, je suis harcelé par la police, ils me verbalisent sans cesse, je ne sais pas ce que je leur ai fait pour qu'ils m'en veuillent autant. Si la police s'intéresse tant à vous c'est peut-être que vous avez la tête dure, vous avez reçu six PV de suite pour des mêmes faits, les condamnations et les amendes s'accumulent, plus de six cents euros à chaque fois, vous allez encore crier à la répression policière mais comme tout citoyen vous n'êtes pas censé ignorer la loi. Et il n'est pas d'usage d'être les mains dans les poches à la barre monsieur. Pardon, excusez-moi, c'est parce que je suis stressé. Par ailleurs je vous rappelle que vous avez reçu une aide de l'État pendant le confinement. Oui en effet, une aide de mille cinq cents euros par mois, mais avec un loyer de mille deux cent cinquante j'étais bien obligé de travailler pour survivre, de faire de la vente à emporter justement.

Il est condamné à six cent trente-cinq euros d'amende, en gagne six cents par mois, le dépit se transforme en désespoir, l'homme gémit qu'il va faire appel, se pourvoir en cassation, qu'il ne se laissera pas faire.

Bart est venu au palais voir si la justice était juste, et elle l'est rarement. Ce sentiment d'injustice – qui chez Bart n'est plus une indignation car s'indigner serait illusoire et feint, l'injustice est monnaie courante, rien que nous ne découvrions –, ce sentiment d'injustice est sans doute une chose largement partagée, qui n'a rien à voir avec la loi, est une chose première, évidente, avant la justice elle-même. Car Bart, en revanche, ne saurait dire ce qui est juste, ou dirait que ce qui est juste est tout ce qui ne fait pas violence, tout ce qui précisément ne réveille pas ce sentiment d'injustice, un sentiment qui somnole dans le silence de nos organes, prêt à éclore.

Le tribunal vient de réveiller ce sentiment. Bart sait bien cependant que la justice, son sentiment, n'est pas la justice judiciaire, que l'institution ne cesse de produire de tout autres sentiments, d'arbitraire, d'incompréhension, de susciter l'effroi devant l'aveuglement de la loi, la sidération de la raison sensible devant une tout autre rationalité, une logique machinique.

Au palais, souvent Bart a vu des juges appliquer la loi plutôt que rendre la justice, a vu des juges sourds au sentiment de justice, car s'ils écoutaient ce sentiment, s'ils s'écoutaient eux, le bam bam dans leurs entrailles, sans doute ne pourraient-ils plus exercer leur tâche, leur mission, qui est de suivre le Code pénal, de se fier à la lettre du droit, agissant comme si droit et justice coïncidaient dans une parfaite homothétie, se superposaient, s'abouchaient pour constituer une forme définitive et parfaite. Si les juges écoutaient leurs sentiments, on les verrait blêmes et tremblants au moment de prononcer la sentence, devenue incertaine, faillible ; la responsabilité, déjà si lourde, de condamner deviendrait écrasante, inassumable, et le doute mis à nu.

Pour cela, Bart a pitié des juges, comment ne pas, qui ne peuvent se fier à leurs sentiments, doivent se contenter de la satisfaction du travail accompli, du verdict rendu comme gage d'une conscience tranquille, se contenter d'avoir fait le bien, quand le bien – illusion morbide – n'est que la perpétuation d'un dogme.

Bart est heureux de ne pas avoir à juger, n'occuperait cette position pour rien au monde et déjà, dans sa vie d'avant, plaignait ces conseillers Pôle emploi qui, malgré toutes les bonnes intentions, et même s'ils s'en défendaient, se retrouvaient toujours, à un moment ou à un autre, acculés, par la situation, leur rôle, les règles et les objectifs qu'on leur imposait, à juger, juger le chômeur récalcitrant, défaitiste, sceptique, juger défavorablement – ce pourquoi, entre autres raisons, Bart avait toujours préféré se tenir en retrait dans son bureau vitré.

Tandis qu'il cabotait ainsi dans ses pensées, la salle s'est vidée, l'audience va être levée, depuis l'estrade les regards convergent alors vers Bart, seul sur son banc ; le juge l'interpelle, lui demande son nom, quelle affaire l'amène là, si son dossier a bien été enregistré, Bart sursaute, mâche quelques mots inaudibles, puis ferme le premier bouton de sa veste et quitte la salle à la hâte.

Mais la journée n'est qu'à son mitan et Bart doit trouver un autre point de chute, il descend les étages, entre au hasard à la 10e chambre, sous le regard scrutateur du policier en faction – ce visage lui dit quelque chose –, et perçoit immédiatement la matière familière de l'audience, le temps déjà saturé, l'espace irrespirable, l'agacement et la lassitude, la lourde porte de la salle d'audience qui claque au rythme des entrées et sorties de familles venues se serrer dans le public, une impression de déjà-vu. Bart, en habitué désormais, saurait nommer les délits poursuivis avant même qu'ils ne soient énoncés, maintenant accoutumé à humer l'air électrique des salles d'audience, la nervosité ambiante, ou au contraire les manières précautionneuses de la cour, son corps éprouve la substance acide des lieux, devine ce qui se joue, reconnaît la misère enfermée dans une boîte pour quelques heures, tous ces petits forfaits quotidiens qu'on traque avec avidité, loin de la rareté exceptionnelle des grands crimes.

Dans le box se tient un homme en polo jaune à l'air triste, qui marmonne pour lui-même, tandis que le policier posté derrière lui regarde le plafond en faisant craquer ses doigts, une main puis l'autre, de manière inquiétante et ininterrompue.

Le prévenu est flanqué d'une traductrice qui l'informe en arabe qu'il a le droit de garder le silence, de faire des déclarations spontanées et de répondre aux questions du tribunal.

Il a trente ans, semble en avoir cinquante, une silhouette bossue et maigre, des cheveux gris et clairsemés. Il a volé un sac en récidive légale, a été emprisonné pour non-respect de son contrôle judiciaire, notamment l'interdiction de paraître dans le 18e arrondissement de la capitale – par la voix de sa traductrice, il justifiera sa présence dans cet arrondissement par un entretien d'embauche, dont personne n'est dupe.

Des policiers en *tenue bourgeoise* vous ont suivi une nuit le long du canal Saint-Martin, vous alliez de terrasse en terrasse, dévisageant les gens attablés. Vous avez fini par dérober le sac à dos qu'un touriste avait déposé à ses pieds et les policiers vous ont immédiatement appréhendé.

L'huissier qui s'était endormi à son petit pupitre, nuque cassée de fatigue ou d'ennui, est réveillé par le juge assesseur outrant une quinte de toux.

Vous êtes passé aux paluches en garde à vue, au cours de laquelle vous avez nié les faits. Désormais vous les reconnaissez, pourquoi monsieur ?

Par lassitude, je veux plus tenir tête, je suis abattu par la prison, fatigué, j'y suis depuis deux mois, j'ai fait une erreur, je suis très très abattu, soyez indulgent avec moi. La traductrice prend soin de reproduire le ton lent et doux avec lequel l'homme répond.

Il ne s'agit pas d'une erreur mais d'une infraction monsieur.

Je suis en France depuis 2018 mais j'ai pas de papiers, j'ai quitté la Libye pendant la guerre sans mes papiers et j'ai pas fait les démarches en France pour en avoir parce que c'est trop compliqué, je suis mécanicien de formation, j'ai perdu mon travail avec le confinement, je me suis enlisé dans le vol, je demande pardon, c'est la dernière fois, je promets.

Ses larmes agacent le juge : vous êtes tous pareils, vous dites toujours ça, qu'on vous ne reverra plus et on vous revoit, vos promesses ne valent rien.

Bart se souvient d'une collègue mêmement exaspérée par ces demandeurs d'emploi qui promettaient, main sur le cœur, doigt pointé vers le ciel, que cette fois ils ne quitteraient pas leur boulot, puis revenaient au bout de quelques mois, parfois seulement quelques semaines. Bart pensait à l'époque qu'à nombre d'entre eux on avait certainement fait aussi des promesses qui ne seraient pas tenues, des promesses de bonheur, de réussite et de stabilité, et maintenant il voit bien que ceux qui sont dans le box ne peuvent pas faire grand-chose de plus que promettre, se plier au rituel des regrets et des engagements, qui seront le plus souvent impossibles à tenir, mais parfois honorés ; et si c'était le cas de celui-là, qui plus jamais ne volera. Mais Bart n'a pas le temps d'examiner l'hypothèse car l'audience est une course de relais et le procureur vient de saisir le bâton pour accabler le prévenu, son manque de sincérité – monsieur change de discours quand il est au pied du mur, quand il est incarcéré, après avoir nié sans vergogne –, puis se lance dans un interminable monologue sur l'insécurité à Paris, le vol sur les terrasses, ces portables qu'on ne peut plus laisser sur les tables de bistro alors qu'on a bien le droit de se divertir après ces années difficiles de confinement et de pandémie, sur les braves gens dont on trouble la tranquillité, une tranquillité enfin retrouvée et tant méritée, sur le *vivre ensemble* mis à mal, sur l'ensauvagement et la barbarie, avant de demander six mois de prison pour que monsieur comprenne que la justice ne va pas le lâcher.

Le procureur, une fois encore, a rappelé que c'est face à la société française que comparaît cet homme libyen, en qualité de fauteur de trouble à l'ordre public, et d'ailleurs peu importe la plainte de la victime, de ce touriste anglais, pour le poursuivre, elle n'en a même pas besoin, l'action publique suffirait, l'action exercée par le ministère public au nom de la société suffirait pour le charger.

S'il était la victime, Bart ne voudrait pas de cela pour lui-même, ne voudrait pas de l'État qui prend sa place, fait main basse sur son litige, ne voudrait pas que le procureur parle ainsi trop fort et l'oblige à accepter cette manière unique et indiscutable de régler le conflit, la prison bien sûr. Il voudrait décider seul de ce qui lui semble juste, approprié, décider seul du pardon, de la compensation, de la réparation ou de la négociation. Il ne voudrait pas du même tour de passe-passe, de l'entourloupe qui se répète, le coup des deux victimes, un touriste et l'État, des deux délits pour un seul fait, un seul geste, un pauvre gars qui a volé un sac.

Et quand il avait reçu sa lettre de licenciement, Bart n'avait pas davantage voulu être représenté, avait refusé la médiation du délégué syndical, même si tous l'avaient demandée ; il aurait eu le sentiment d'être dépossédé, se réjouissait que les syndicats de travailleurs existent mais considérait qu'il était le mieux placé pour défendre, ou au contraire ne pas vouloir défendre sa position, puisque, devant l'inanité du plan social, il préférait se taire – et tant pis s'il était perdant, car en effet il l'était en se désolidarisant d'une action collective.

Il savait sa position singulière et difficilement compréhensible, comme il sait que nombre de victimes sont soulagées d'être représentées par le procureur de la République. Cela avait été le cas de la caissière de la supérette où il se ravitaillait ; elle lui avait raconté comment, après s'être fait arracher un collier en or dans le métro, puis retrouvée face au voleur et son air rogue à l'audience, elle avait été rassurée qu'il soit vilipendé par un autre, un homme en robe noire – elle n'aurait pas osé le regarder dans les yeux et porter l'accusation elle-même.

La voix perchée du président le tire de ses pensées – c'est l'intonation ragaillardie de celui qui sait que cette affaire pénible sera bientôt close –, avez-vous quelque chose à ajouter qui n'aurait pas été dit ?

L'accusé secoue la tête en signe de dénégation, pourtant rien n'a été dit. Rien n'a été dit des circonstances, des conditions, des agencements et des structures qui entourent le délit, mais l'homme ne peut qu'à nouveau demander clémence et pardon, la tête basse, le ruisseau de larmes, celui qui coule d'un condamné à l'autre – mais ne passera pas par le prochain prévenu.

Celui-là est apparu avec un air goguenard et malin, c'est un homme qui vit en foyer et a volé l'équivalent de trente mille euros de matériel informatique dans les bureaux d'une société.

Il s'exprime d'une voix inarticulée, la greffière n'entend rien à son accent et ses intonations trop basses, doit lui faire répéter chaque phrase, ses doigts attaquant nerveusement le clavier. Je vole des sociétés mais pas les particuliers, pour pas les mettre dans la galère, les sociétés elles ont des assurances, je ressens vraiment de l'adrénaline à tester la sécurité des entreprises, par exemple une fois j'ai mis un costume et j'ai réussi à entrer dans la tour Total de la Défense, sans badge, sans rien, juste avec mon costard, à prendre l'ascenseur et à m'installer dans une salle, dans une réunion. C'était jouissif. Jouissif de rentrer dans une grosse boîte sans effraction, sans rien casser, sans violence, juste en m'habillant bien. Comme quoi, l'habit tout ça. Vous savez, cette adrénaline, c'est comme une drogue, ça doit pouvoir se soigner. Pourquoi je vole ? Pour acheter ma came et pour mon fils de cinq ans, et pour le matériel informatique précisément c'est parce que j'avais un ami au bled en Côte d'Ivoire qui avait besoin d'ordinateurs pas chers, je lui ai dit je peux te trouver ça.

Le détachement si rare avec lequel l'homme raconte volontiers son histoire, sa légèreté, presque une forme de gaieté, pourraient-ils inciter les juges à la clémence ? Bart en doute mais les voit décontenancés par ce prévenu qui ne nie rien, ne s'excuse pas, expose les faits comme ils se sont produits, avec simplicité, précis sur les motifs, visiblement peu soucieux des conséquences. Bart aurait préféré que l'homme ne soit pas si loyal, n'évoque pas la came et un ami au bled, se contente de son fils de cinq ans et du jeu des apparences sociales – la peine en aurait été certainement moins sévère.

L'affaire est mise en délibéré et c'est désormais l'assesseur qui lutte contre le sommeil, ses yeux se ferment par intermittence, il se masse le front et les tempes pour ne pas sombrer – encore un juge harassé, débordé, harcelé par sa hiérarchie, devant rendre des comptes, obtenir des résultats, et qui donne maintenant lecture des faits d'une voix recroquevillée, se parlant à lui-même, ne semblant pas remarquer que, dans cette nouvelle affaire, la victime et l'accusé portent les mêmes vêtements couleur aubergine. L'un en costume, l'autre en tailleur, de cette même teinte morne, et d'une étoffe infroissable similaire – sans doute plus fiable que celle portée par Bart –, peut-être le signe d'une entente lointaine et perdue, ou un hasard, Bart n'osant imaginer qu'ils se soient concertés.

L'homme, aujourd'hui fleuriste, a un casier judiciaire chargé : violences, délits routiers, port d'arme, et maintenant violences conjugales, coups et menaces de mort.

À l'origine je me suis mise avec elle aussi parce qu'elle était intelligente, mais son intelligence s'est retournée contre moi, elle me manipule avec, c'est son arme contre moi dans le couple, moi j'ai pas ce genre d'arme, en même temps c'est grâce à son intelligence que nos enfants ont de bonnes moyennes à l'école.

Vous avez un complexe d'infériorité monsieur ? – c'est demandé par le juge assesseur dans un demi-sourire, qui provoque chez le prévenu un long soupir de lassitude. Écoutez, je voudrais avoir enfin une vie tranquille, je me suis stabilisé après toutes ces années, pendant le confinement c'était tendu entre nous, il y avait beaucoup de disputes, de la violence verbale, de sa part à elle aussi, mais pas de coups, et moi je suis vraiment fatigué de tout ça, je voudrais me poser, qu'on me laisse tranquille, bosser, élever mes deux filles, c'est pas contre vous hein mais je suis fatigué d'être là.

La femme, après avoir insisté sur son traumatisme et les trente jours d'ITT pour raisons psychologiques, assuré que le contrôle judiciaire lui paraissait toujours nécessaire, a retrouvé une voix claire et ferme pour indiquer au tribunal que ma priorité c'est mes enfants, et ça se passe bien entre mes enfants et lui, donc je ne peux pas leur enlever leur père.

Quand le procureur se lève pour prononcer ses réquisitions, c'est avec un entrain que tous lui envient en cette fin d'après-midi, les corps échinés par des heures d'audience, l'esprit moulu, l'impatience d'en finir. Monsieur n'a aucune considération pour la victime, monsieur est fatigué c'est un comble, vous ne voyez pas que c'est madame qui est fatiguée, épuisée, à bout, non car vous êtes centré sur vous-même. Vous avez dit : chacun a ses armes dans le couple, mais les vôtres sont illégales, c'est bien ça le problème.

Le prévenu acquiesce en silence, en habitué, rompu aux réquisitions des tribunaux.

Je demande douze mois avec un sursis probatoire de deux ans et une obligation de soins.

Les choses pourraient s'en tenir là mais c'était compter sans la fougue de l'avocate qui patiente depuis des heures et que cette longue attente n'a pas entamée. Elle aussi entend hausser le ton : je commencerai par rappeler qu'à l'origine c'est madame qui a demandé une levée du contrôle judiciaire parce que c'était plus simple pour les enfants et que, comme elle l'a précisé devant vous, monsieur est un bon père. Je rappelle également que quand les policiers arrivent au domicile, après un appel de madame, ils ne constatent aucune trace rouge sur la victime, ne relèvent rien sur le plan physique. Et je conteste l'ITT de trente jours car, comme le sait la cour, les motifs psychologiques dans une ITT sont très difficiles à évaluer et à établir, c'est ici une circonstance aggravante et c'est injuste. Les menaces de mort prononcées devant les enfants sont également une circonstance aggravante, mais elles ont été proférées au téléphone lors d'une conversation entre eux, et c'est madame qui décide de mettre le haut-parleur pour que les enfants entendent, pour qu'ils en soient témoins. Madame expose et manipule ses enfants pour servir sa cause.

Je terminerai en évoquant le casier judiciaire de mon client, qui certes est fourni, mais j'attire votre attention sur le fait que rien n'y a été inscrit depuis 2013, et j'y vois le signe d'une réinsertion réussie. Monsieur est mon plus ancien client, je le connais bien, je l'ai vu changer au fil des années, son discours, en particulier, s'est amélioré, quand je l'ai connu, jeune délinquant en comparution immédiate, c'était *wesh wesh*, aujourd'hui il soigne son langage devant ses filles, qui ont 19 de moyenne à l'école. On a coutume de féliciter celui qui n'a jamais été condamné, c'est trop facile, je vois les choses autrement, je crois qu'on doit plutôt féliciter celui qui a fauté mais qui veut et va s'en sortir, c'est celui-là qui mérite nos encouragements. Oui, comme il vous l'a dit, mon client est fatigué d'être là, car il veut en finir avec tout ça, il a purgé la totalité de ses peines, il a un métier, il fait partie de la société et compte y rester.

Le jugement est mis en délibéré, Bart parie sur une prolongation du contrôle judiciaire, les imagine se quitter, mari et femme, sur le parvis du palais, d'un geste de la main maladroit, aucun n'osant relever leurs costumes aubergine appareillés, qu'ils pendront à un cintre en rentrant – peut-être avaient-ils acheté ces tenues ensemble, se félicitant d'être ainsi assortis, à l'occasion d'un entretien d'embauche, ou d'une cérémonie, ou juste comme ça, pour la joie d'être bien habillés.

L'image finit par contrarier Bart, de nouveau préoccupé par son costume défraîchi, les plis aux genoux, l'aspect fripé des poches à force d'y enfoncer les poings. Pour le reste, les cheveux ont poussé mais, lissés en arrière, la coupe est toujours nette, la chemise sent le savon de Marseille, froissée mais favorablement dissimulée sous la veste que Bart n'ôte jamais, et les chaussures, qui ne connaissent plus la rue et les intempéries, sont restées propres, une satisfaction, un peu d'assurance dans l'allure générale.

Bart s'apprêtait à quitter la salle d'audience, estimant en avoir assez entendu pour aujourd'hui, quand la grande beauté de l'homme qui venait d'apparaître dans le box l'incita à se rasseoir : élancé, cheveux de jais, barbe dessinée au fil et comme noircie à l'obsidienne, de longs cils qui ourlent des yeux immenses, un profil grec, statuaire, une peau de velours. Il est turc et accompagné d'un traducteur, on sait donc qu'il parlera peu et difficilement. Son apparition troublante suspend quelques instants l'ambiance irritée de la salle d'audience, avant que les faits reprochés ne soient rapportés par le juge assesseur et contractent immédiatement l'assemblée – l'homme est accusé d'agression sexuelle : il est vingt-deux heures, monsieur se masturbe, pantalon sur les genoux, madame est seule dans le wagon du métro, il lui touche la cuisse, éjacule sur son manteau, madame, venue porter plainte, a remis son manteau aux policiers.

L'homme est un demandeur d'asile déjà connu pour exhibitions sexuelles et consommation de crack. L'expert psychiatre a noté que le prévenu demandait de l'aide pour, dit-il, soigner ses pulsions sexuelles non maîtrisées. Par la voix de son traducteur, l'homme nie avoir touché la cuisse de la victime, j'ai juste touché son bras pour le rapprocher de mon pénis, je m'excuse, elle était très sexy et j'avais du mal à me retenir.

Le juge écoute en jouant maintenant avec un petit élastique qu'il triture nerveusement entre ses doigts, jusqu'à le faire céder. Si vous ne pouvez pas vous retenir, pourquoi prenez-vous les transports en commun ?

Je m'inquiète de moi-même, je souhaite être soigné. Le juge lève yeux au ciel, soupire bruyamment. J'ai fui la Turquie il y a deux ans pour ne pas être incarcéré, dans ma petite ville j'avais moins de tentations car il n'y a pas de transports en commun, mais quand je suis arrivé à Paris. L'échange est interrompu par un vacarme soudain, venu de plus loin, hors de la salle d'audience, des coups violents et répétés contre une porte, des cris, une clameur aiguë qui monte depuis le dépôt du palais de justice, ça vocifère et ça tape, le juge maintenant exaspéré s'adresse au policier qui se tient dans le box : s'il est pour nous celui-là, il prendra tarif double, qu'il continue son tapage et il va voir.

Non monsieur le président, il est déjà passé, c'en est un qui a des troubles psy. Ah d'accord, très bien, poursuivons alors. Monsieur, quelles sont vos garanties en France ? Le prévenu assure avoir deux sœurs installées ici, et déposé de multiples demandes d'asile, toutes rejetées. J'ai dû fuir la Turquie à cause des activités politiques de ma famille.

Vous ne seriez pas plutôt parti parce que vous aviez des petits soucis là-bas, du genre agressions de femmes ? C'est une simple supposition bien sûr. Le prévenu n'entend pas l'ironie, que le traducteur n'a peut-être pas retranscrite dans son intonation, se contente de préciser qu'il n'est pas inactif puisqu'il travaille dans le bâtiment, ajoute, et c'est pour lui l'essentiel, que ne le quitte jamais ce sentiment d'être désiré par les femmes, que ça doit être ça, sa maladie.

Bart se doute déjà, à l'air outré et grandiloquent du procureur, l'air qui sied à sa charge, que ce prévenu turc va prendre aussi pour les autres, pointant l'homme du doigt mais aussi tous les agresseurs dont il est le prolongement métonymique : rendez-vous compte, cette escalade de la violence sexuelle, l'impensable, cet homme qui a saisi la main de la victime pour la poser sur son sexe. Il s'interrompt, fait mine de réfléchir, de se recueillir entre deux phrases, prend son temps, puis d'un ton ténébreux et solennel, il y a un chiffre noir, une réalité méconnue des agressions sexuelles, en effet, 40 % de ces agressions ont lieu dans les transports en commun, et les femmes ont honte, n'osent pas porter plainte, ce pour quoi j'estime qu'il serait opportun et urgent de créer une circonstance aggravante pour toute agression sexuelle commise spécifiquement dans un transport en commun.

Le ministère public demande dix-huit mois de prison avec mandat de dépôt, une interdiction du territoire français pendant dix ans et l'inscription au Fijais, le fichier des auteurs d'infractions sexuelles.

L'avocat se lève à son tour pour répliquer, avec la lourde tâche de compenser ou du moins d'amoindrir le sentiment d'humiliation et de crainte qui doit alors saisir le prévenu. Il se lève pour tenter de nommer les faits autrement, au regard d'autres circonstances, choisissant de mettre en avant la condition sociale, celle qu'écartent souvent les juges comme si elle excusait le délit, quand elle ne fait qu'éclairer les choses selon l'avocat, permettant d'ouvrir un troisième œil, une troisième oreille. Il va s'efforcer d'humaniser le prévenu, de le singulariser, de le distinguer des agresseurs sexuels qui l'ont précédé ou le suivront dans ce même box. Celui-là va essayer de dépasser les cinq minutes de plaidoirie au-delà desquelles les juges s'impatientent, jettent des regards entendus au procureur, s'agitent sur leurs hauts sièges. Bart note que de sa robe dépassent un jean usé et une grosse paire de baskets, et s'inquiète que sa plaidoirie en soit affaiblie.

Mesdames, messieurs du tribunal, je sais ma position très difficile, celle de défendre un agresseur sexuel, ce qu'il a commis est terrible mais je voudrais attirer votre attention sur un point : le prévenu est un agresseur mais il est aussi malade, car un homme qui agresse une femme souffre d'une anomalie psychique, a besoin de soins, d'un accompagnement socio-judiciaire et psychiatrique, je vous demande donc de ne pas le renvoyer en Turquie où il ne sera pas soigné, et où il risque une répression sévère. La maladie dont il souffre a certainement été aggravée par la situation politique de sa famille sur place, je vous demande d'envisager une autre peine que la prison et l'expulsion. Je voudrais également reprendre monsieur le procureur sur un point : vous avez affirmé que mon client avait pris la main de la victime pour la poser sur son sexe. C'est faux. La plaignante elle-même n'a jamais dit une chose pareille, son témoignage ne mentionne à aucun moment ce geste. Monsieur le procureur invente des faits pour défendre sa cause, certes juste, les violences sexuelles, mais nous jugeons ici un homme dans un tribunal, en nous appuyant sur des faits établis, pas un bouc émissaire dans une parodie de procès, en l'accablant de contre-vérités. Je vous remercie.

La cafétéria était sur le point de fermer, on n'y trouvait plus de biscuits au gingembre et Bart a accepté sans résistance la pomme que lui a tendue une nouvelle venue – même blouse étriquée à fines rayures, même charlotte sur la tête, même badge floqué d'un prénom, mais un immense corps athlétique que Bart n'avait encore jamais vu derrière ce comptoir, et dont il a immédiatement pensé qu'il était ici sous-employé, pas à sa place, et sans doute mieux au grand air.

Il a trouvé la pomme étonnamment savoureuse, d'autant plus qu'elle coûtait moins cher que les biscuits et que ses économies se réduisaient, puis a patienté sur un banc au troisième étage, les yeux mi-clos, et ce fut enfin l'heure, intermédiaire et favorable, entre les rondes, la fin des audiences et la fermeture du palais, de rejoindre sa cache.

Il se hisse, habile comme un chat désormais, bascule sur le côté, s'enroule dans le châle puis se redresse et, assis en tailleur, courbé, le dos assoupli à force de contorsions et d'écrasement, entreprend l'inventaire de ses sacs plastique – un peu de dentifrice et du savon, le petit linge est devenu rêche à force de nettoyages sommaires, la lampe frontale fonctionne, les piles ne sont pas usées, mais les sachets de fruits secs sont épuisés et Bart a encore faim ce soir, la pomme n'a pas suffi. Il défait l'élastique de sa mince liasse désormais, défroisse les quelques billets de cinquante qui lui restent, assez pour tenir, pas éternellement cependant, les réserves finiront par s'épuiser et les choses auront une fin, mais pour l'instant Bart ne s'inquiète pas de ce teint de plus en plus cireux – qu'il ne voit pas dans le miroir –, privé de sommeil réparateur, de lumière du jour et de nourriture variée. Rompu à ce corps étique et pâle, il ne ressent toujours pas l'anémie.

Bart boit quelques gorgées à sa gourde puis s'endort, mais tourmenté par la faim, son sommeil agité d'un mauvais rêve, de ces rêves, rares, prégnants et vifs, qui se déploient dans nos cerveaux engourdis avec un tel réalisme, une telle profondeur de champ, qu'il nous faut au réveil quelques instants pour y reconnaître la part d'illusion.

Le rêve de Bart superpose deux décors – une salle d'audience du palais et le bureau dans lequel il a passé son entretien préalable au licenciement –, de telle sorte que glissant sans cesse d'une image à l'autre, d'un espace à l'autre, ils finissent par se confondre pour former une scène unique au centre de laquelle trône une imposante machine ; un homme nu et sale y est sanglé. Bart se tient sur cette même scène, simple spectateur, aux côtés d'un officier en uniforme, couvert d'une cape en hermine, avec une face énorme et plate, des yeux jaunes. Si Bart reconnaît les lieux, il ne sait pas ce qu'il fait là, qui sont ces deux hommes, à quoi sert cette machine.

D'une main ferme posée sur son épaule, le militaire invite Bart à s'approcher, à assister au supplice de l'homme, condamné pour offense, arrogance, insoumission et comportement asocial, précise l'officier. L'homme attaché à la machine ne bronche pas à l'énonciation des chefs d'accusation, semble même accepter son sort, résigné ou incrédule, docile ou inconscient ; à moins qu'il ne parle pas la même langue que le militaire.

Comme il s'approche, la machine et ses rouages lui apparaissent plus précisément : un banc en bois auquel est ficelé le condamné, surplombé d'une herse constituée d'un châssis en forme de grille sur lequel sont fixées des dizaines de pointes de différentes longueurs. Une roue, des rails et des chaînes actionnent le dispositif de telle sorte que la herse puisse monter et descendre, se déplacer latéralement le long du corps du supplicié. L'appareil semble fonctionner sans machiniste, de manière automatique et autonome.

Un écriteau planté dans le sol, une terre meuble et humide qui macule les souliers cirés de Bart, détaille les plans et le fonctionnement de la machine dans une écriture illisible, un alphabet inconnu de lui.

Dans ce rêve, Bart sort de sa réserve habituelle, s'entend poser des questions, d'une voix haut perchée qu'il ne se connaît pas, demander à l'officier s'il y a eu un procès, quelle est la nature exacte du délit, si le condamné va souffrir, et vous êtes qui ? Je suis celui qui surveille l'exécution de toutes choses, celui qui doit conserver ce qui existe, je m'assure que la machine continue de fonctionner, continue de machiner. Et je suis chargé de vous accueillir dans la colonie pénitentiaire.

Il pousse un gros bouton noir, la roue se met en branle dans un grincement métallique affreux, le militaire attrape maintenant Bart par le bras, lui chuchote à l'oreille : le condamné ne sait pas qu'il est condamné, ni pourquoi, peu importe, cela ajouterait de la confusion, de l'angoisse, de la souffrance inutile, il n'a pas besoin de procès, à quoi bon, la sentence serait la même, nous perdrions notre temps à écouter ses balivernes pour tenter d'y échapper, l'innocence est sujette à caution alors que la faute est toujours certaine, très probable du moins. Venez découvrir le verdict, la machine l'inscrira bientôt sur son corps.

Bart recule de quelques pas, ses chaussures s'enfoncent dans la boue, c'est contrariant, il voit maintenant la herse s'activer, monter et descendre, se déplacer le long du corps du condamné, qui reste silencieux mais le visage tordu par la douleur, les aiguilles vibrantes s'enfoncer au-delà de la peau, faisant jaillir le sang, tracer lignes et courbes, écrire à même la chair, une phrase qui se dessine progressivement, au rythme lent et poussif de l'appareil, cela semble durer des heures, la machine s'applique, y revient, estampille en profondeur – *tu feras silence devant tes supérieurs.*

Le militaire reprend la parole pour annoncer que le commandement bafoué a été rétabli, définitivement inscrit, que la loi est désormais impossible à enfreindre, puisque introduite dans la chair, fondue à même le corps.

Bart se réveille avant la mort du condamné, juste après que l'officier lui a annoncé, sans émotion, comme s'il s'agissait de la chose la plus naturelle du monde, une procédure banale, que la machine transpercerait bientôt le corps du supplicié.

Il est cinq heures, Bart descend, la lumière s'allume automatiquement, sensible aux mouvements, le néon blafard sur son corps blafard, il se frotte au savon, s'habille puis remonte, n'envisage plus de s'endormir maintenant, après ce rêve dont persistent des images de sang carmin et d'uniforme vert forêt, il vaut mieux attendre le matin et l'ouverture du palais, celle de la cafétéria pour apaiser cette faim pourvoyeuse de cauchemars.

Dans l'attente, pour divertir l'anxiété et rester éveillé, Bart enfile la lampe frontale, s'allonge de nouveau, éclairant le plafond câblé et poussiéreux, détaillant chaque irrégularité du plâtre, suivant le parcours des gaines électriques, imaginant des visages dans les ombres, y devinant des figures comme on regarde les contours des nuages, ses affaires suspendues formant des silhouettes, guettant les couinements de la souris disparue, sans doute couverts par le ronflement des machines de renouvellement de l'air, et tenant ainsi, suspendu au-dessus des toilettes, à contempler l'espace réduit et ingrat de sa cache, jusqu'à huit heures trente.

Bart pressent qu'il faudra ce matin davantage que des biscuits et du café au lait pour dissoudre les visions cauchemardesques de la nuit, alors, dubitatif et un peu perdu devant l'alignement de sandwichs et de salades en barquette, il choisit finalement, dans un élan inattendu, à la mesure de l'émotion qu'a provoquée ce mauvais rêve, une salade au poulet, trop froide et assez insipide, mais la satisfaction consolante d'avaler de la viande – comme un antidote – lui redonne de l'allant, et bientôt il est prêt pour une nouvelle journée d'audience.

Devant la 16e chambre, il note la présence inhabituelle de journalistes, reconnaissables à leurs petits carnets, leurs blocs Rhodia déjà griffonnés, les téléphones portables qu'ils ont l'autorisation de garder allumés et leurs airs concernés – c'est une affaire de terrorisme.

L'homme appelé à la barre n'a rien de fameux pourtant, une allure de vieux chibani à longue barbe blanche, voûté dans sa parka trop grande, vêtu d'un bas de jogging douteux, chaussé de baskets sales – Bart imagine que cette tenue négligée et miséreuse a été conçue comme un élément de la défense. Le mis en cause est un imam réputé en Belgique, parti en Syrie en 2013, incarcéré à son retour en 2018. On lui reproche d'avoir recruté des jeunes pour Daech, dont ce prévenu qui se tient dans le box, un ingénieur informatique de trente-trois ans, homme ventru au visage poupin et aux cheveux courts, sanglé dans une chemise bleu pâle boutonnée jusqu'en haut. Bart lui trouve, comme à la plupart des prévenus qu'il a vus défiler, un air authentique de victime.

Même si les affaires de terrorisme font désormais partie de la justice ordinaire, aujourd'hui le dossier est singulier car l'imam mis en cause a également œuvré pour les services de renseignement français et belges, en qualité d'informateur. Il y a des preuves, mais ni la France ni la Belgique n'ont reconnu officiellement son rôle, l'imam considérant pour sa part que le bras qui lui manque, amputé suite à un attentat de l'État islamique, devrait largement faire office de preuve, de gage de sa bonne foi.

Un écran est déroulé au-dessus de la tête de la présidente du tribunal, qui souhaite interroger l'imam sur le contenu de son compte Facebook. La page d'accueil apparaît, la présidente fait défiler des images avec une télécommande, de paysages, du prévenu et de sa famille, dont un certain Ahmed précise-t-elle : son visage hilare de jeune homme est couvert d'un filtre Minnie Mouse, cils recourbés et joues fardées, il est affublé d'oreilles de Mickey. Le prévenu, hébété devant cette suite de photos qu'il ne semble pas reconnaître, se redresse soudain, c'est quoi ce diable ? Je l'ai jamais vu.

C'est un de vos neveux pourtant, mais passons.

La présidente fait maintenant apparaître des profils de sympathisants du jihad armé, des messages tendancieux, vous avez des amis djihadistes sur Facebook monsieur.

Madame, j'ai six mille amis, je vais pas tout vérifier, j'ai pas le temps de regarder tout ça, j'y vais cinq minutes par jour, vous me posez des drôles de questions. Il poursuit d'un ton désinvolte, chez moi c'est ouvert, tout le monde entre et sort, je sers le café, je laisse mon ordinateur en libre accès, alors des terroristes peuvent m'envoyer des amitiés sur Facebook, je sais pas. Je refuse seulement les gens malsains qui appellent à la vie sexuelle et ceux qui ont le drapeau de Daech sur leur profil, sinon j'accueille tout le monde, c'est ma vocation.

La présidente procède maintenant à une lecture rapide de l'expertise psychiatrique, semblant y porter, pour une fois, peu de crédit – absence de pathologie mentale, vive intelligence, capacités d'adaptation, narcissisme autocentré pour se protéger de la décompensation dépressive –, avant de reprendre le fil de l'interrogatoire, invitant l'imam à faire le récit détaillé de sa vie.

Comme je suis nommé terroriste, je n'ai pas le droit de toucher mon entière retraite alors que j'ai soixante-quinze ans, on me prend cinq cents euros, donc mon plus jeune fils m'aide financièrement.

Votre ex-femme a dit au juge d'instruction : il est vieux, il a le bras coupé et plus personne ne l'écoute maintenant, on s'est tous éloignés de lui.

Elle dit ça mais elle vient m'apporter des marmites avec la meilleure nourriture du monde, elle me fait à manger, elle nettoie la maison, elle est toute contente, on n'est plus ensemble mais on est comme frère et sœur. Si elle dit ça en interrogatoire, qu'elle s'est éloignée, c'est parce qu'elle a peur d'être associée à un terroriste, puisqu'on me qualifie de ça. C'est pourquoi elle me repousse dans ses déclarations, mais dans les faits on a des liens.

Certains de vos enfants affirment aussi s'être éloignés de vous. C'est depuis que la police française est entrée chez moi à l'aube, m'a plaqué au sol et menotté. Mon fils a fait caca dans son vêtement de peur. Alors, devant la police il me dénigre, par peur. Il est très peureux, très fragile, car il a connu le régime d'Assad, tous mes enfants nés en Syrie sont traumatisés.

Vous avez eu huit enfants de quatre femmes, vous avez une famille en Belgique, une autre en Syrie, reconnaissez-vous être polygame ?

Non, je récuse cette accusation, je divorce puis je me remarie, c'est tout. Je veux bien parler de concubinage. Regardez les Français, ils ont une femme et une maîtresse, et on ne les accuse pas d'être polygames.

Un premier témoin est appelé à la barre, il se lève depuis le premier rang, c'est un des fils de l'imam – un fils belge venu le soutenir quand les fils syriens sont absents.

Mon père n'est pas un extrémiste, moi je suis parfaitement intégré grâce à l'éducation qu'il m'a donnée, il m'a appris l'ouverture d'esprit, je parle quatre langues, je suis chef d'entreprise. C'est seulement à cause de sa barbe et de sa tenue qu'on le prend pour un intégriste. Et aussi parce que pendant son séjour en prison, un autre de ses fils s'est radicalisé et a rejoint la Syrie, considérant que c'était sa terre. Ce fils a été condamné pour terrorisme, mais le père n'a pas à payer pour le fils. À son retour de Syrie, mon père a fait quatre ans de prison pour rien, il a été innocenté, on l'a mis à l'isolement, il n'avait pas de bras, pas de dents, on ne lui a même pas donné de dentier pendant son incarcération, on l'a fait le jour de sa sortie, et encore, les dents du haut uniquement, et moi, pendant toutes ces années en prison, je le voyais manger comme un chien.

La voix du fils se brise, dans le box l'homme rond et sage pleure discrètement, son avocat lui tend un mouchoir.

La présidente demande à présent au fils de raconter comment il a fait la connaissance du second prévenu.

Il est venu il y a des années dans mon snack, avec sa femme japonaise. Il savait qui était mon père, un imam très respecté à Bruxelles, il voulait entrer en contact avec lui en passant par moi, il pensait que mon père pouvait l'aider. Il s'est présenté avec une boîte de chocolats, c'était étrange, et a dit je veux partir en Syrie. Je lui ai répondu que ce n'était pas un pays pour faire du tourisme. Je l'ai trouvé tellement bizarre, avec sa femme japonaise mutique et ses chocolats, que j'ai cru que c'était un flic.

Une fois le fils remercié par le tribunal, c'est la fille qui s'avance. Vous avez demandé à faire une déposition madame ?

En effet. D'abord, je suis outrée par la manière dont les médias parlent de mon père, ils en renvoient une image erronée de doctrinaire exalté qui est insupportable. Ensuite, je voudrais dire qu'en tant que père, il est une personne honorable, il a de grandes qualités humaines qu'il nous a transmises, il m'a donné une bonne éducation, m'a encouragée à passer le permis de conduire pour être indépendante, je suis navrée de le voir sur le banc des accusés, et croyez bien madame la présidente que j'ai passé l'âge de mythifier mon père. À Alep, il était juge, tout le monde venait le consulter, donc forcément, dans le lot, il devait y avoir des fanatiques, mais pourquoi en serait-il comptable ? Mon père voulait libérer la Syrie mais pas avec Daech, et c'est la raison pour laquelle il collaborait avec les services secrets. Voilà ce que j'avais à dire.

L'imam, ratatiné au premier rang, perdu dans ses pensées, semble attendre que les choses se passent, et son avocat, tout comme Bart, devine sans doute qu'il est urgent de le ramener dans la partie, avant qu'elle ne se joue sans lui. Profitant de l'invitation de la présidente, maître avez-vous des questions ?, il se lève, se tourne vers son client, haussant la voix pour le sortir de son indolence, monsieur, vous vivez dans un logement social à Valenciennes avec une allocation adulte handicapé, une minuscule retraite, vous êtes vieux et fatigué, comment voyez-vous votre avenir ?

Je voudrais partir à l'île Maurice ou à La Réunion ou à Madagascar, m'absenter totalement en attendant de mourir et pêcher des poissons.

L'avocat semble satisfait et la présidente suspend avantageusement la séance pour quelques minutes. Bart la soupçonne de l'avoir fait moins pour se dégourdir les jambes que pour clore cette première partie sur une réponse enlevée, inattendue, une belle chute.

Quand la séance reprend, la famille belge entoure le patriarche, agglutinée au premier rang, mais l'attention se porte désormais sur le deuxième prévenu, cette silhouette replète et soumise dans le box, sa raie sur le côté, son air de premier communiant qui intrigue Bart, et cette chemise parfaitement repassée, amidonnée peut-être, qu'il envie, ramené un instant à la sensation déplaisante de la toile rêche et froissée sur sa peau trop fine.

Le tribunal commence par l'expertise psychiatrique d'un homme qui échappe au profil habituel du djihadiste, et dans cette salle on en trouvera certainement autant pour y voir une circonstance inquiétante – dissimulation, perversion – que le signe d'une moindre dangerosité – les gages que donne un homme blanc au casier judiciaire vierge.

Selon l'expert, on ne relève aucune pathologie psychiatrique et on remarque un bon niveau intellectuel, une stabilité professionnelle – l'homme est cadre informatique –, comme familiale – il est marié et père. Il présente cependant une personnalité complexe, dépendant et orgueilleux, docile et autoritaire, il est peu clair sur les raisons de son départ en Syrie – les motifs humanitaires qu'il avance restent sujets à caution, on ne repère aucun ancrage dans l'islam radical, l'homme n'est pas sensible à l'emprise psychologique, il n'est pas violent, pas prosélyte, et d'ailleurs peu religieux. L'expert note enfin qu'il tient un discours adapté au professionnel qu'il a en face de lui, sans authenticité.

La lecture de l'expertise semble ici purement formelle, un passage obligé qui ne retient pas l'attention puisque personne du côté du tribunal, de l'accusation comme de la défense, ne relève l'absurdité de la conclusion : si l'accusé n'est pas « authentique », si tout ce qu'il dit n'a pour objet que de contenter le psychiatre, le sens de son discours devrait en être invalidé et, dans la foulée, les conclusions de l'expertise révoquées. De part et d'autre, on fait donc semblant, il ne s'agit pas d'être cohérent mais d'observer une procédure, alors on joue, et d'autant plus que si les experts psychiatres se plaignent le plus souvent de ces prévenus qui s'adaptent à leurs interlocuteurs, manquent de sincérité et de transparence, veulent séduire et contenter plutôt qu'exprimer le fond de leur pensée, Bart ne voit pas très bien comment il pourrait en être autrement dans une telle configuration. Quel intérêt aurait un prévenu à déplaire, à décevoir les attentes et les règles, quand il est déjà, du fond de sa cellule, considéré comme un inadapté, un traître à la société ? Comment la parole pourrait-elle être libre dans un dispositif par nature inégalitaire, parfois humiliant, trop souvent effrayant ?

La présidente donne maintenant la parole à cet homme *sans authenticité*, et il entend en user, prolixe et empressé, tenant d'abord à évoquer ses conditions de détention passées, à rappeler qu'il souffre d'obésité morbide, qu'il pesait cent quarante kilos lors de son départ en Syrie, et que même s'il bénéficie d'un régime hypocalorique en prison, on lui a interdit l'accès à la salle de sport.

Mon obésité a été aggravée par le Covid, les mesures de confinement m'obligeant à passer vingt-quatre heures sur vingt-quatre en cellule, sans aucune activité physique. Et puis avec tout le Valium, les antidépresseurs et les somnifères que je devais prendre à cause du tapage nocturne, j'ai eu beaucoup de problèmes cognitifs. À Fleury, pendant quatre ans c'était dur, on me fouillait à nu à chaque parloir, on me changeait de cellule tous les trois mois au prétexte que j'étais un terroriste, je n'ai pas eu droit de suivre une formation parce que j'étais un terroriste, je dénonce une discrimination dans mon incarcération. Et le psychiatre qui m'a vu trente minutes en entretien et qui ose dire tout cela, sans me connaître, que je suis orgueilleux, autoritaire, fourbe, pas authentique, c'est trop à charge à mon goût, je lui avais demandé qu'on échange davantage, c'est lui qui n'a pas voulu. Malgré ces conditions difficiles, je tiens à préciser que je n'ai eu aucun rapport disciplinaire, j'ai été très respectueux de l'autorité en détention.

Comment se passe votre incarcération actuellement ?

Je n'ai pas vu ma femme et mon fils depuis quatre ans, depuis le début de ma détention provisoire, ils sont au Japon, ils ne peuvent pas rentrer car ma femme n'a aucune garantie de ne pas être poursuivie si elle revient en France. En revanche, depuis que j'ai été transféré à la prison de la Santé c'est mieux, j'ai une cellule individuelle, la télé, le téléphone, un suivi psy, accès à des cours d'anglais, à la salle de musculation, j'ai pu voter en détention, je ne sais pas si je peux dire pour qui madame la juge.

Normalement on garde ça pour soi, poursuivez.

À la Santé ils sont gentils, j'ai une cellule de vingt mètres carrés, c'est une cellule handicapé avec vue sur un parc et le métro, ils ont vraiment été gentils.

L'homme se tourne alors vers la procureure : madame la procureure, merci, c'est grâce à vous que j'ai été transféré, le parquet a été très efficace sur ce dossier, je vous exprime toute ma gratitude. Mais le visage fermé de la procureure désarçonne l'homme, qui s'interrompt ; et sa servilité embarrasse Bart, car il la croit sincère, non pas une manœuvre pour amadouer la cour, faire bonne impression, sachant qu'il sera aussi jugé sur son comportement à l'audience, sa politesse et sa docilité, qu'il devra faire montre de patience, d'humilité, de calme en toutes circonstances, même s'il est attaqué, humilié, mais une authentique diligence, un empressement et une soumission spontanée à l'autorité.

Bart avait fini par repérer cette absence de révolte chez les prévenus, les voyant finalement accepter la sanction, tolérer la violence, plier, et il se doute bien que cette acceptation remonte à loin, qu'elle a une histoire, que la soumission a commencé peut-être dès l'enfance, l'enfance contrainte, qu'elle s'est distillée lentement, indolore, en goutte à goutte – pas bouger –, à l'école, au travail, dans les rapports avec l'administration, avec la police, une longue chaîne de petites servitudes qui a entamé la détermination, la confiance, l'appétit, et finalement la colère – pas bouger, plus de forces.

C'est maintenant au tour de la procureure qui déjà fait danser les manches de sa robe, prête pour la chorégraphie réquisitoire, sa voix se gonfle comme une voile, elle s'élance : nous sommes en présence d'un dossier atypique et complexe en raison de la personnalité des deux accusés. L'un, féru de jeux informatiques et de culture japonaise, qui est parti au Japon, s'est radicalisé sur place, a rejoint la Syrie sans repasser par l'Europe, en compagnie de sa femme japonaise convertie elle aussi. L'autre, qui a toujours frayé avec le terrorisme sans jamais être définitivement condamné. J'entends que le refus de déclassification sur sa collaboration avec les services secrets pose des difficultés, mais cette collaboration ne l'exonère en aucun cas de sa responsabilité pénale en matière d'association de malfaiteurs en vue d'une action terroriste, et je rappelle qu'il n'est pas nécessaire d'apporter la preuve d'une adhésion idéologique aux thèses des terroristes auxquels il a été associé. Monsieur n'a eu de cesse de se présenter comme une victime, n'a aucun regret sur son engagement en Syrie, affirme qu'il est devant la cour uniquement parce qu'il est musulman, rigoriste, qu'il fait porter le voile à sa femme pour cacher sa beauté, qu'il lui a demandé de cesser de travailler. Monsieur veut nous faire croire qu'à soixante-dix ans, il décide de rentrer au pays parce qu'il est syrien d'origine pour y prendre sa retraite, ou plutôt pour faire la révolution et lutter contre Bachar al-Assad. Il est intelligent, ses prises de parole médiatiques sont toujours opportunément dirigées contre les djihadistes et, quand on le surprend à tenir des discours radicaux sur les réseaux sociaux, il nous explique qu'il y a eu usurpation d'identité, c'est un peu facile. Monsieur est insaisissable, joue au bon vieux inoffensif, il a pourtant été repéré par les autorités belges pour la violence de ses prêches. Nous voyons bien pour quelles raisons il a pu intéresser les services de renseignement, il soutenait non pas Daech mais un groupe terroriste avec des objectifs strictement locaux contre Bachar al-Assad, et sa place centrale l'amenait à recueillir de nombreuses informations, il avait une autorité morale forte, se trouvait en contact avec des djihadistes qu'il accueillait à leur arrivée sur zone, pour toutes ces raisons il était une recrue parfaite, il n'en reste pas moins qu'il a appartenu à un groupe salafiste et a recruté des combattants.

Quant au second prévenu, il affirme qu'il a gagné la Syrie pour raisons humanitaires et pour rejoindre l'imam, devenir son garde du corps au sein du tribunal islamique, pas pour faire le djihad. De qui se moque-t-on ? Monsieur a intégré un camp d'entraînement en arrivant, et ne venez pas me dire qu'il s'agissait d'un camp tenu par Al-Qaida plutôt que par Daech, comme si c'était une circonstance atténuante.

La procureure demande *en conséquence* une peine de cinq ans de prison à destination de l'imam, dont trois ans avec sursis et un suivi socio-judiciaire de cinq ans. Puis, pour le garde du corps de l'imam, *en conséquence*, une peine de dix ans de prison assortie d'une peine de sûreté des deux tiers.

Le prévenu qui avait gardé la tête basse pendant les réquisitions la relève brutalement, porte une main à sa bouche, béante de stupéfaction, et se fige ; Bart craint qu'il ne fasse un malaise, qu'il ne s'écroule dans sa cage de verre, sans même pouvoir être retenu par les deux policiers cagoulés qui le surveillent, ses cent quarante kilos s'effondrant sous l'effet de l'annonce.

Mais le mouvement de l'avocat qui s'avance au même moment jusqu'à la barre interrompt peut-être la chute : madame la présidente, mesdames du tribunal, tout ceci est un scénario de mauvaise série plutôt qu'une procédure pénale. On prononce en réalité une peine pour couvrir une détention provisoire. On ne recule devant aucune incohérence, on accuse mon client d'être un islamiste radical et dans le même temps on reconnaît son statut d'informateur des services secrets, ce qui signifie que cet homme a aidé à prévenir des attentats en France. Et si je ne peux pas vous dire exactement combien d'attentats ont été déjoués grâce aux informations transmises par l'imam, c'est en raison du rôle trouble de la DGSI qui, dans cette affaire, nous entrave en refusant la déclassification. Je vous demande sa relaxe car si mon client a participé à des groupes terroristes c'est précisément pour les empêcher d'agir, en communiquant des informations précieuses à la DGSI. Madame la procureure retient seulement qu'il a fréquenté ces groupes, ne voit qu'un morceau de la réalité.

Depuis que l'avocat a commencé sa plaidoirie, les prévenus écoutent avec attention ce qui se dit enfin en leur faveur, unique moment de répit, de défense au milieu de l'attaque, qui ravive l'espoir, peut-être réconforte. La voix de l'avocat aux intonations ascendantes, qui se passe de micro, accompagne ce sentiment de réhabilitation, l'homme parle avec assurance, comme Bart se figure qu'un avocat doit parler – pour ferrer la cour, traquer l'émotion, convaincre, puisqu'il est une version déterminée et sonore de la voix faible et malhabile de l'accusé. Ce jeune avocat à l'allure talentueuse répond aux imprécations de la procureure par ce qui, devant une cour souvent acquise aux conclusions du ministère public, ressemble à une incantation, interprétant les faits à rebours des magistrats, rétablissant une nouvelle intelligence là où la réalité semble incohérente – monsieur s'est radicalisé pour servir la France –, et parlant comme on laboure, purge, essore, parlant avec la même mauvaise foi que le camp adverse, car il s'agit toujours de contrer des mots par d'autres.

L'infraction d'association de malfaiteurs en vue d'une action terroriste qu'invoque madame la procureure me semble bien hasardeuse, quand on sait la viscosité de cette infraction d'action terroriste. Je comprends bien que la société réagisse aussi vivement et sans nuances après les attentats que la France a connus, mais cette caractérisation est tellement large, tellement floue, vous le savez bien, vous le savez madame la procureure, mesdames du tribunal, que c'est un problème. Si mon client est aujourd'hui devant la cour c'est uniquement parce que monsieur – il désigne le box du doigt – a donné son nom pour justifier son départ en Syrie, il a fait passer mon client pour un recruteur, mais le dossier est vide, un nom donné n'est pas une preuve. Regardez-le, il ne reste pas grand-chose de ce vieillard en parka – l'imam s'est de nouveau recroquevillé sur le banc comme pour certifier la parole de son avocat –, qui a perdu son bras dans un attentat commis par l'État islamique. Épargnez-lui d'être traité de terroriste par la justice d'un pays qu'il a servi pendant des années.

La jeune avocate du second prévenu se lève à son tour, moins assurée, défendant d'une voix plus sourde, occupant plus modestement l'espace. Mon client est un passionné, il parle, il parle beaucoup, il parle trop, il est à 100 % pour tout, c'est un homme tiraillé entre trois cultures, kabyle, française, japonaise, il est buté parfois, et joue contre lui, il a livré lui-même tous les éléments qui ont abouti à son incarcération, il ne sait pas se taire. Mais il n'a pas dissimulé son voyage en Syrie, j'en veux pour preuve que c'est sa propre famille qui l'a signalé aux services secrets, elle était donc au courant de son départ, il ne s'en était pas caché. Après la Syrie, il est rentré directement au Japon, c'est bien le signe qu'il ne menaçait pas la France, il ne pouvait pas vouloir troubler l'ordre public français. En Syrie, cet homme angoissé, qui manque de confiance en lui, de repères, s'est enfin senti revivre auprès de l'imam, il subissait son magistère intellectuel, était pris dans son aura. Madame la procureure évoque sa radicalisation, mais je n'en vois aucune preuve, il a consulté des sites certes, mais ce n'est pas un délit, il n'a lui-même rien publié, n'est coupable d'aucun prosélytisme, vous confondez sa pratique rigoriste de l'islam et la radicalisation, vous confondez projet spirituel et projet politique. Vous dites que mon client s'est radicalisé au Japon, au Japon ?, ce serait bien le seul.

Puis, prenant de l'assurance, elle insiste maintenant elle aussi sur la tentation d'une peine qui couvrirait la détention provisoire, quatre ans pour son client, une situation provisoire qui dure quatre ans, elle s'enhardit, une folie, l'aveu que la présomption d'innocence est balayée, sa voix s'affermit, une folie quand on sait que les détenus en préventive sont enfermés dans des conditions plus dures que les détenus condamnés, dans des maisons d'arrêt vétustes et surpeuplées, elle s'est avancée et occupe maintenant le centre de la salle d'audience, une folie qui asservit la justice à la prison, en fait sa subordonnée, contrainte de justifier et de couvrir les années d'incarcération, de prononcer une peine correspondant opportunément au temps accompli, comme la confirmation mécanique d'une sentence déjà prononcée, quand on aurait peut-être condamné moins durement, mais ainsi on ne se dédit pas, on sauve la face de la justice, on ne déjuge pas l'institution, on évite de dédommager le prévenu pour toutes ces années pillées, sa voix grossit de sévérité et de colère contenue, la folie d'une prise de gage sur un présumé coupable, une fiction qui nous fait croire qu'il s'agit de s'assurer d'un suspect quand on le punit avant de le juger, qu'on le prive de liberté sans procès. La détention provisoire devrait intervenir en dernier recours, de manière préventive, or chacun sait qu'elle est immédiatement punitive, par l'enfermement d'abord, et par la vulnérabilité du prévenu se présentant ainsi à l'audience, escorté par la police qui l'a extrait de sa cellule. Il ne sera jamais regardé comme l'homme qui comparaît libre, avec la même exigence d'équité, son arrivée dans le box, menotté comme un coupable, fait mauvaise impression, le procès en est dénaturé, l'homme n'inspire pas confiance, sa peine en sera plus lourde, c'est ainsi que nous sommes faits, méfiants, suspicieux.

L'avocate se tient désormais ferme et orgueilleuse devant les juges, et pour en finir, car je vois que la cour s'impatiente, permettez-moi de rappeler les sept raisons qui autorisent la détention provisoire, telles qu'elles sont énoncées à l'article 144 du code de procédure pénale : conserver des preuves ou des indices, empêcher toute pression sur les témoins, empêcher une concertation entre complices, protéger la personne mise en examen, garantir le maintien de la personne à la disposition de la justice, mettre fin à l'infraction ou prévenir son renouvellement, mettre fin à un trouble exceptionnel à l'ordre public. J'aimerais donc connaître le motif qui a justifié l'incarcération de mon client.

L'imam est condamné à cinq ans d'emprisonnement dont un an ferme pour avoir appartenu à un groupe salafiste en Syrie et avoir recruté des combattants. Il repart libre, ayant déjà effectué treize mois de détention provisoire. Il est désormais en sursis probatoire, ce qui l'oblige à déclarer sa résidence, lui interdit de voyager sans autorisation, de contacter une liste de personnes et de porter une arme. Le tribunal a considéré qu'il avait été en effet un informateur des services secrets, atténuant ainsi la peine requise, mais a également jugé que ce statut ne faisait pas disparaître l'infraction, la loi française ne prévoyant aucune exonération pour les informateurs de police.

Son garde du corps a été condamné à dix ans de prison pour avoir intégré Ahrar Al-Cham et une unité de snipers d'Al-Nosra, sans période de sûreté cependant car sa radicalisation n'a pas persisté. Le tribunal a estimé qu'il n'était pas parti en Syrie pour des raisons humanitaires ou pour assister l'imam, mais bien animé d'une idéologie qaïdiste.

Un silence coupant a figé la scène, tendu comme une toile au-dessus de l'assemblée, l'image a durci un instant, les gestes suspendus, les corps saisis, un homme hagard menotté de nouveau, un autre qui remonte indifférent la fermeture éclair de sa parka, une famille qui ne sait pas si elle doit se sentir soulagée ou en colère, des juges qui remballent leurs lourds dossiers, le sort en est jeté, la loi a cessé d'être abstraite, elle a pris la forme d'une sentence qui s'est incarnée dans une peine qui s'est abattue sur le prévenu, la foudre est tombée, la voix du policier demandant d'évacuer la salle finit par ranimer les esprits, remettre les corps en mouvement, Bart s'ébroue tandis que par la porte dérobée, celle qui ferme le box mais dont on ne voit jamais ce qui se tient derrière, disparaît, encadrée par deux hommes en noir, la silhouette lente et massive du prévenu, son dos large et voûté d'animal marin.

L'expression vibre encore à son oreille, *en conséquence*, la procureure avait demandé *en conséquence* une peine de cinq ans pour l'un et dix ans pour l'autre.

Bart avait déjà noté l'emploi quasi systématique de la locution adverbiale, parfois abrégée en *donc*, le simple usage de cette conjonction valant argumentation, valant lien logique. Vous êtes *donc* condamné.

Pourquoi *donc* ? est la question que Bart adresserait s'il devait s'exprimer. Pourquoi *donc* + un nombre d'années de prison ? Quel est le sens de cette équation ? Parti en Syrie *donc* dix ans. La logique lui semble suspecte, la peine n'étant pas l'aboutissement d'une démonstration, l'expression d'un raisonnement, mais un calcul opéré selon une échelle pénale qui ne renvoie à rien d'autre qu'à elle-même. Le *donc* trahit une habitude, la norme – la Syrie c'est dix ans. Le *donc* donne l'illusion de la logique quand il s'agit de décision judiciaire réglée d'avance, selon des critères connus, parfois des préjugés, car nous ne saurions juger sans préjugés et il est impossible de voir les choses en elles-mêmes, tous nos sens aussitôt les déforment, les gondolent, les teintent et les fardent – nous avons immédiatement un avis.

Bart, qui s'efforce de constater plutôt que de déplorer, ne saurait accabler les juges pour cela, voudrait seulement que les choses soient dites, qu'on se mette d'accord sur le fait qu'une justice rendue par des hommes – irrationnels, pulsionnels, versatiles, c'est-à-dire injustes – à propos d'autres hommes – irrationnels, pulsionnels, versatiles, c'est-à-dire obscurs – ne peut pas être objective, car comment prendre une décision quand il reste toujours de l'indécidable, qui saurait racler le fond des crânes, sonder la fosse obscure des cœurs ?

Mais tout comme les juges ne peuvent écouter leurs sentiments, le tribunal ne peut écouter l'obscurité et le désordre. Il a besoin d'ordre, en réclame, en produit, a besoin que les choses aient une forme, ne se résout pas à ce que la vie en ait si peu, alors on s'efforce de rétablir les contours d'événements violents et incohérents, on cherche à les dépouiller de leur opacité, on ne peut pas agir sur le monde et les êtres, sur ce qui a eu lieu, alors on agit sur leur représentation, sur le récit qu'on en fait, on raconte, on rétablit une continuité là où il n'y a que chaos, brisures, on insiste, on veut du sens là où gouverne l'insensé, on ne lâcherait le sens pour rien au monde, on est croyant, mystique, et on est acculé aussi, il faut bien se justifier, justifier un jugement, une sentence, la Syrie c'est dix ans, et faire taire les doutes – car aucune autorité ne saurait se fonder sur l'incertitude.

Il semble pourtant à Bart que la justice serait certes plus difficile à rendre mais plus loyale et scrupuleuse si elle reconnaissait que nos têtes sont rarement froides, si elle renonçait au *donc*, aux logiques abusives, à la raison et à la vérité, même judiciaires, si elle avait la modestie d'admettre que la raison et la vérité ne se livrent qu'en morceaux, en fragments épars et illisibles, qu'on ne peut rien affirmer d'autre que des sentiments provisoires.

Bart a rejoint son terrier, ressassant cette équation, la Syrie c'est dix ans, pourquoi pas six ou douze, lui qui perd peu à peu la linéarité du temps, le sens de son écoulement ; claustré dans son faux plafond, il a cessé de compter les jours, installé depuis trop longtemps désormais pour sentir le passage des heures, qui ne forment plus qu'un long ruban enroulé sur lui-même, lisse et souple. Mais qu'importe la durée, Bart n'a pas d'autre projet, le temps et l'espace ont été réduits au strict minimum, ils ne pèsent plus sur la conscience, ont pris la forme consolante d'une alvéole où se replier, un temps et un espace immobiles, perpétuels et, l'éprouvant, Bart mesure sa chance d'avoir quitté la ville.

Emmitouflé dans son châle, guettant le sommeil qui approche en silence, il pense à cet informaticien rond et lisse reparti en prison pour six années supplémentaires, essaye de se figurer cet autre temps de l'incarcération, puisque la prison n'est que cela, du temps prélevé, dû ; on paye son crime avec son temps, une quantité de temps de liberté qu'il faut céder quand c'est tout ce que possèdent les insolvables, leur seule propriété, il s'agit de payer sa dette avec le seul bien dont on jouit encore, un paquet de mois et d'années, du temps de vie qui en prison devient un temps pour rien, mortifère, asphyxié, vide, une matière noire qui aspire et siphonne la consistance des jours.

Se peut-il que les détenus rêvent encore d'évasion pour récupérer une part de ce temps subtilisé, se peut-il que certains s'imaginent encore creuser le sol de leur cellule pour regagner l'air libre ?

À la faveur d'un cycle consacré au cinéma d'évasion dans une salle de son quartier – alternant opportunément blockbusters américains et œuvres d'art et d'essai –, Bart s'était passionné il y a quelques années pour ce genre de films, classiques et efficaces, qui mettent en scène la persévérance et l'ingéniosité humaine. Il avait vu *Papillon, La Grande Évasion, L'Évadé d'Alcatraz*, mais le film qui l'avait particulièrement marqué était celui de Jacques Becker, *Le Trou*.

Film cruel, qui avait l'élégance et la justesse de se terminer mal, dans lequel on suit les préparatifs scrupuleux d'une évasion de la prison de la Santé à Paris. Bart avait aimé que le cinéaste montre la patience et la virtuosité de ces hommes, en particulier celles du personnage de Roland, le cerveau de l'affaire. Il y avait vu les prisonniers fabriquer un périscope de poche avec un éclat de miroir ficelé sur une brosse à dents, démonter le lit métallique pour en faire des pioches, scier des gonds avec une lime improvisée, fabriquer des leurres avec des boîtes de carton et de la corde, une clé avec une charnière, une lampe à huile avec une bouteille d'encre, un sablier avec deux fioles volées à l'infirmerie. Il avait admiré ces prisonniers qui ne cessent d'inventer des caches et des outils avec tout ce qui leur tombe sous la main, des morceaux de ferraille, des lattes de sommier converties en barres à mine pour entamer le ciment d'un mur, qui pensent à tout, trouvent des solutions, forent, percent, sondent, grattent, creusent, un trou, un tunnel, une tranchée, et la caméra, proche et méticuleuse, qui s'attarde sur leurs mains charnues, habiles et véloces, sur leurs gestes précis, sur leurs visages soucieux et ruisselants.

Bart avait gardé longtemps en tête des images du film qui lui reviennent ce soir en écho, et le titre bien sûr, *Le Trou*, mais son trou à lui ne sert qu'à nicher, ne débouche sur aucun passage qui mènerait au-dehors. Dans le film, ce vide creusé dans la cellule conduit à un réseau de galeries souterraines reliées entre elles, quand au palais rien ne communique, chaque coursive est étanche, chaque étage réservé, aucune serrure à crocheter, seul un badge peut donner accès aux coulisses du palais ; et quoi qu'il en soit, Bart n'a pas besoin d'être aussi ingénieux et téméraire que les prisonniers, et n'a ni leur force physique ni leur dextérité. Il ne cherche pas à fuir, s'il est là, reclus volontaire, c'est qu'il s'est déjà évadé, du monde au-dehors ; son trou n'est pas un point de départ mais la destination.

Alors Bart se recroqueville un peu plus, cette cache est une aubaine, même s'il se dit qu'en effet un trou, un véritable trou, aurait été mieux encore, avec sa forme concave, un cercle foré dans le mur ou le sol, une forme accueillante et ergonomique, un berceau dans lequel se couler ; puis il chasse cette idée, le souvenir d'un confort révolu, son faux plafond lui est familier désormais, c'est chez lui, et d'ailleurs le sommeil approche, Bart entend au loin la souris, ses couinements minuscules et aigus, elle est de retour, fouille la poussière, elle est venue veiller sur lui de nouveau, ou reprendre possession de son territoire, comment savoir, il ne sait déchiffrer ni ses chicotements ni ses déplacements, mais considère que sa présence est de bon augure, une présence fraternelle, un être de proximité, une similitude de destin, la clandestinité et la discrétion. Le sommeil vient malgré la pression des poutrelles métalliques sur la colonne vertébrale, malgré l'air confiné, il s'endort et, durant sa courte nuit, Bart rêve, d'une salle d'audience cachée sous les combles, de juges gras comme des sumos et d'un accusé en costume qui ne parle pas mais répond à toutes les questions du tribunal par des onomatopées dans lesquelles s'entendent cependant ses intentions, perce son humeur – gloussements de poule, pwat, pwat, expectorations, grreu, frrt, kss d'agressivité et claquements de langue, clap clap.

Au moment du verdict, des années de prison, un bruit sourd et régulier résonne, c'est le badaboum du cœur de l'accusé, son tapatap, un cœur qui s'emballe, va bientôt éclater, un vloum vloum qui s'élève, devient assourdissant, et l'homme s'écroule.

Un brouhaha inhabituel règne à la 13e chambre – cette fois Bart s'est assis au premier rang, délaissant les places discrètes du fond au risque de se faire remarquer, et en effet le greffier a reconnu sa silhouette intrigante –, un certain désordre lié à la présence de plusieurs jeunes prévenus sans pièce d'identité et qui s'avancent les uns après les autres à la barre pour tenter de prouver qu'ils sont bien qui ils sont. Des sans-papiers, des SDF, de petites affaires de cannabis qui encombrent les tribunaux, possession, trafic et consommation, des morceaux de résine jetés dans une poubelle, des mains sur le cœur pour jurer que c'était destiné à leur consommation personnelle, qu'on leur a donné, pour une fête, pour partager, mais qu'ils n'ont jamais acheté ni vendu.

Monsieur, si vous ne pouvez pas prouver votre identité, vous ne pouvez pas être jugé. Vous n'avez pas un passe Navigo au moins ? J'ai rien du tout madame le juge. Un autre – pochette cartonnée sous le bras et casque audio autour du cou – tend son téléphone, regardez c'est une photo de ma carte d'identité. Non monsieur, ça n'est pas recevable, et d'autant plus que vous êtes défavorablement connu des services de police.

Si l'homme est connu des services de police c'est donc que son identité l'est aussi, que cette identité est déjà enregistrée, mais il semblerait que le respect du formalisme prime sur le principe de réalité, et toutes les affaires sont renvoyées. Les prévenus quittent la salle, certains hilares, suivis par une partie du public venue les soutenir, longs garçons noirs et arabes, tempes rasées, crânes gominés, survêtements immaculés, petites sacoches siglées Gucci ou Vuitton plaquées sur le ventre, les reins, la hanche, graciles, à l'aise – et Bart envie un instant leur assurance, lui qui même jeune a toujours eu cette silhouette frêle.

L'un d'eux, survêtement Puma rouge, est cependant appelé à la barre pour recel de biens, s'adresse spontanément au juge, vous pouvez me parler en français facile s'il vous plaît même si j'ai fait six ans d'école en Côte d'Ivoire, mais se voit finalement signifier, lui aussi, que son affaire est renvoyée, des mois plus tard, car l'audience d'aujourd'hui est bien trop chargée, comme toujours.

Maintenant que toute cette jeunesse virile et agitée a été éconduite par la présidente du tribunal, pas le temps, renvoi, on verra ça plus tard, on peut bien les faire patienter encore quelques mois, ils ont l'habitude d'être maltraités par l'administration, pointer chez les flics ils connaissent par cœur, il semblerait que la cour puisse passer aux choses sérieuses, à cette femme malingre et nerveuse, la cinquantaine, accusée de violences contre son conjoint, qui plus est en état d'ivresse, une circonstance aggravante.

La présidente rappelle les faits : un passant a appelé la police en voyant un couple se disputer violemment sur son balcon. Les policiers qui sont intervenus ont découvert votre mari, qui souffre d'Alzheimer, couvert d'ecchymoses au visage. Vous étiez vous-même sous l'emprise de l'alcool. Depuis ce jour, votre mari est placé en établissement spécialisé.

La prévenue, fiévreuse, acquiesce aux mots de la présidente, répond aux accusations par d'amples hochements de tête, s'agite, impatiente de s'expliquer, interrompt le tribunal, mon époux veut se suicider madame la juge. Attendez, je parle, puis je vous donne la parole.

Bart s'est assis derrière le mari dont l'allure inhabituelle détonne – il avait remarqué le couple au début de l'audience, assis côte à côte, se tenant la main, lui très haut, elle petite et fluette –, un homme maigre et élégant, autour de quatre-vingts ans, enveloppé dans un long manteau en tweed qu'il n'a pas ôté malgré la chaleur, un chapeau de feutre posé sur ses genoux, une allure de lord anglais. Il n'aura qu'une phrase quand on le fera témoigner à la barre en faveur de sa femme : je souhaite quitter l'hôpital et vivre avec Fatma.

Quand on donne la parole à la prévenue, elle se déverse : c'est mon époux depuis vingt et un ans, il est devenu agressif avec la maladie, il veut se suicider, on a travaillé dans la banque tous les deux, on était partenaires mais maintenant il veut en finir avec la vie car il sait qu'il devient un poids pour moi, et si je voulais vraiment frapper mon mari je ne ferais pas ça sur le balcon à la vue de tous mais dans la chambre.

Des larmes l'interrompent, on lui tend un mouchoir, elle se reprend pour raconter le séjour de son mari en établissement spécialisé, je l'ai retrouvé constipé en caleçon et avec les mêmes chaussettes depuis quatre jours, je veux que vous annuliez l'interdiction de retrouver mon mari à mon domicile, je suis quelqu'un de sérieux, je travaille dans l'immobilier, j'ai des biens à gérer, je paye mes charges, mes factures sont au carré, je suis quelqu'un qui suit les règles, d'accord j'ai bu chez moi mais je ne suis pas alcoolique.

Puis la femme s'interrompt, quitte la barre pour s'approcher de la procureure, d'un pas décidé, devant laquelle elle pose avec emphase une épaisse liasse tenue par un élastique – et voici le dossier d'hospitalisation de mon mari. La procureure a un geste d'agacement, repousse les documents, ce n'est pas la procédure, renvoie la femme à sa place et se lève pour porter l'accusation : je demande le maintien de l'obligation judiciaire, c'est-à-dire l'éloignement du domicile, je m'oppose à la cohabitation de madame avec la victime.

La prévenue, rouge de stupéfaction, reprend aussitôt la parole, pointant un doigt accusateur vers la cour, mon mari finira par se suicider et là vous vous rendrez compte, là on verra où était la vérité.

Le tribunal se retire immédiatement pour délibérer, l'assemblée se disperse, Bart guette le couple, de nouveau agrégé sur son banc, elle lui serre le bras, ils restent silencieux, chacun égaré dans ses pensées. La femme lui est familière, semblable à beaucoup d'autres entrevues au guichet de Pôle emploi, ces silhouettes agitées, inquiètes, à la mine fatiguée et grise, encombrées de paperasserie et perdues dans des grands pulls déformés par le temps. Bart s'étonne de ne pas avoir encore aperçu en audience une de ces demandeuses d'emploi, il sait que certaines – et certains plus encore – glissent facilement d'une institution à l'autre, que ceux à qui on n'aura pas su proposer de travail, de place risquent davantage de se retrouver ici, du côté des prévenus.

Quand la séance est reprise, la présidente indique à la femme que les débats ont été compliqués avec les juges assesseurs, qu'il a été difficile de se mettre d'accord mais que le tribunal n'a finalement pas suivi les réquisitions de la procureure. Vous avez le droit de revenir au domicile conjugal avec votre mari, mais vous n'avez pas pris conscience de votre alcoolisme, vous devrez donc suivre un traitement en conséquence, et c'est une obligation madame, pas une recommandation.

Merci, merci, merci madame la présidente, elle sautille, et avec plaisir l'obligation de soins, puis se tourne vers son mari, se jette sur lui, le couvre de baisers, pleure et caresse l'homme pantois mais sans doute heureux, veut croire Bart, certainement soulagé de quitter l'hospice.

La séance est suspendue et, quand elle reprend, une certaine excitation anime les robes sur l'estrade ; et en effet celui qui est appelé à la barre a de quoi relancer l'intérêt : en costume impeccable, que Bart devine taillé sur mesure dans une étoffe luxueuse, un carré de soie blanc dépassant de la poche poitrine, des lunettes en écaille, un attaché-case en cuir grainé, des souliers cirés, c'est un petit homme chétif de quarante ans, distingué et triste, un haut cadre administratif qui gagne huit mille deux cents euros par mois, une anomalie à la 13e chambre, une excentricité qui semble réjouir la cour, la divertir de la misère crasse et répétitive qui fait son quotidien.

Le prévenu est accusé de violences, d'avoir asséné un coup de poing au visage de sa femme, de l'avoir giflée devant ses enfants. Bart reconnaît l'homme, il l'a vu plus tôt devant la salle d'audience s'entretenir avec une femme, sa femme en réalité, il l'avait naïvement pris pour un avocat – sa mise soignée –, il se souvient maintenant de son air pénitent et silencieux, tandis que la femme semblait lui faire la leçon, index pointé sur son thorax, scandant sa parole, le mettant en garde.

Le rappel des faits ne donne lieu à aucune ironie, aucune agressivité feutrée : monsieur et madame étaient couchés et dormaient, monsieur s'est mis à ronfler, madame l'a poussé du pied pour faire cesser les ronflements, monsieur lui aurait alors asséné un coup de poing dans l'arcade sourcilière. Madame se lève, va dormir dans le salon, et le lendemain à la table du petit déjeuner l'incident n'est pas évoqué, ni par l'une ni par l'autre, alors que madame présente un coquard très visible au visage. Par ailleurs, monsieur est accusé d'avoir serré le cou de madame à l'occasion d'une violente dispute et de l'avoir traitée de connasse, grosse vache, sale pute. Devant les enfants.

Monsieur, vous aviez bu de l'alcool au moment de l'interpellation et vous avez déclaré en garde à vue que vos relations conjugales étaient très dégradées mais que vous restiez au domicile pour les enfants.

La parole lui est donnée avec précaution par la présidente du tribunal, d'un ton courtois que Bart ne lui connaissait pas, celui qu'on emploie quand il s'agit d'examiner l'un des siens.

Madame la présidente, pour être précis et exhaustif, je dois vous dire que je dors avec des bouchons d'oreille et un masque sur les yeux, je suis donc pour ainsi dire sourd et aveugle, et le coup que j'ai donné à mon épouse était purement instinctif, réactionnel, non prémédité, mais j'assume totalement d'avoir mal réagi, j'assume mes actes – ceci étant dit d'une voix exsudant la politesse et la contrition. Je reconnais le manque de dialogue au sein de mon couple, j'ai d'ailleurs engagé une thérapie – et les mmmhhh et hochements de tête mimétiques du tribunal s'apparentent en effet à ceux d'un psychanalyste –, je me suis rendu compte que j'étais enfermé dans mon travail, que je subissais beaucoup de stress, ce qui ne justifie rien évidemment.

J'occupe une chambre de sept mètres carrés chez une amie commune pour respecter mon contrôle judiciaire et l'éloignement qui m'est imposé du domicile conjugal ; la voix se brise, j'ai perdu confiance en moi, je veux changer mon comportement, profiter des fruits de cette épreuve – cet homme qui ne sait parler que de son malheur indispose Bart, avec son air de victime qui, en temps normal, la normalité tâcheronne des délits, excéderait la cour et l'inciterait à abréger les jérémiades du prévenu.

Puis-je ajouter un élément madame la présidente ? Oui, je vous en prie. Je parlerai très brièvement au vu de votre agenda chargé, je voulais seulement dire que la garde à vue m'a beaucoup secoué, on ne peut pas sortir indemne d'une telle épreuve, on ne peut que changer.

Bart a maintenant un peu de compassion pour ce cadre de l'administration dont la garde à vue a certainement été d'autant plus violente et humiliante qu'il ne pouvait pas être préparé à une telle éventualité, sa naissance n'ayant pas intégré ce genre d'accidents de parcours ; il n'était pas destiné à commettre un délit, ni à vivre dans une chambre de sept mètres carrés. Son air blême, sa face suante, la manière dont il se masse douloureusement le front en attestent.

L'épouse est appelée à témoigner, bouleversée, chancelante elle aussi malgré ce long manteau crème fermement ceinturé à la taille. J'ai porté plainte pour accéder à la médiation de couple, c'était une manière d'entamer un dialogue, de provoquer un électrochoc, je ne veux pas d'inscription au casier judiciaire, je regrette d'avoir porté plainte, j'aurais dû me contenter d'un signalement, je désire seulement une thérapie de couple, un suivi thérapeutique pour lui. Elle n'a rien de plus à ajouter et, interrompue elle aussi par des larmes, préfère se rasseoir devant son avocate, qui bientôt demandera un stage de sensibilisation aux violences sexistes, tout comme la procureure, prompte, en préambule de ses réquisitions, à féliciter monsieur pour son travail de remise en question, satisfecit qu'il ne semble pas entendre, effondré sur un strapontin, cherchant frénétiquement et en vain un mouchoir dans ses poches pour sécher ses pleurs – d'autres se seraient essuyés avec leur manche –, suintant l'angoisse comme s'il était accusé de meurtre, le regard rivé au sol, secoué de sanglots, et se dévorant les ongles.

Le témoin

Bart n'attendra pas le résultat des délibérés, il ne veut pas entendre, les devine désormais, la mécanique est rodée et répétitive, à cet homme elle s'appliquera émoussée, à ce haut cadre que son pouvoir dans cette enceinte fragilise, que sa position favorisée rend d'autant plus friable, perdu, ignorant des duretés de la vie, et qui finalement inspire à Bart un sentiment de pitié.

Bart quitte la salle, le palais se vide, les audiences s'achèvent, une lumière tiède de fin d'après-midi vient mourir sur les surfaces vitrées du palais, il se dégourdit les jambes, assouplit sa carcasse raidie par ces journées d'immobilité, arpente les étages d'un pas ferme quoique lent, sent qu'il a maigri, son pantalon flotte à la taille, s'inquiète de ses cheveux qui ont poussé, trop longs sur la nuque, de son costume fripé, de sa chemise chiffonnée bien que nette, frottée au savon. Longtemps les salutations des gardiens l'ont cependant réconforté, rassuré sur son apparence – eux-mêmes irréprochables dans leurs complets cintrés floqués du blason de l'entreprise de sécurité –, ils semblaient le considérer comme un homme respectable et légitime, pas un intrus à la mise douteuse qu'il faudrait surveiller, alors Bart les saluait toujours en retour, d'un hochement de tête civil, s'imaginant protégé par son allure innocente, n'émettant que des signaux faibles, mollement captés par des gardiens habitués à sa présence et les oubliant aussitôt ; mais aujourd'hui l'un d'eux s'approche et l'interpelle – on vous voit souvent ici monsieur, vous attendez quelque chose ? Bart tressaille, sans s'arrêter esquisse un geste affirmatif de la main puis se hâte vers l'escalator et monte jusqu'au troisième étage.

Cherchant à disparaître dans l'une des salles d'audience, il pousse les portes de la 3.22, de la 3.23, de la 3.24, toutes vides – dans la dernière flotte encore une odeur rance de promiscuité et d'inquiétude –, puis ouvre celle de la 3.25 qui débouche sur une salle haute et profonde, dont la légère déclivité semble éloigner encore l'estrade sur laquelle se tient le tribunal. De part et d'autre, une longue rangée de box doit être destinée aux grands procès, aux grands accusés, aux associations de malfaiteurs peut-être, aux bandes organisées, aux réseaux, mais aujourd'hui ils sont vides, de même que les bancs de cette salle immense. Seule se tient une femme à la barre devant trois juges, et assistée d'un avocat.

Le policier à l'entrée, affalé sur une chaise, a mollement enjoint à Bart d'éteindre un portable qu'il n'a pas ; il a hésité un instant sur le seuil, intimidé par l'espace démesuré au centre duquel se dresse cette prévenue dont il n'aperçoit que le large dos et le turban qui enserre sa tête, étonné qu'aucun soutien ni famille ne se soient déplacés, a pensé ressortir puis s'est ravisé, a choisi une place au dernier rang, sur le bord.

Bart comprend vite qu'il s'agit du procès d'une *revenante*, une jeune femme de trente ans de retour de zone, arrêtée à son arrivée avec ses deux filles, et qui a accouché d'un garçon en prison. Le mari est resté là-bas, elle a appris sa mort plusieurs mois après, et bon débarras semble-t-il. Les questions du tribunal viennent par rafales, elle y répond volontiers, d'une voix claire, légèrement voilée de chagrin, pour raconter un mariage malheureux à vingt ans avec un converti, un homme froid, taiseux et peu démonstratif, c'était mon premier amour, sauf à dix ans j'ai été très amoureuse mais ça s'est pas concrétisé, mon mari je l'ai jamais aimé, mais depuis sa mort je suis restée très proche de son père, c'est un ancien commissaire, il est de mon côté, il désapprouve ce qu'a fait son fils, j'ai le soutien de ma famille et aussi de la famille de mon mari mort.

Bart découvre l'histoire d'une jeune fille arabe de Tourcoing qui a perdu son père à quatre ans, et depuis dort dans le lit de sa mère, qui a été victime d'agression sexuelle à treize ans, qui voulait être infirmière mais a abandonné après avoir été humiliée à l'examen pour s'être présentée voilée. Un destin finalement échoué en Syrie, un retour, elle en prison, ses filles placées en familles d'accueil, suivies par des psychologues pour tenter d'endiguer les traumatismes de la guerre, le fracas des bombardements, les images d'hommes en armes, les violences conjugales. Aujourd'hui elle est sortie, vit chez sa mère, a un droit de visite pour ses enfants et respecte les obligations du contrôle judiciaire, bien que la présidente du tribunal lui reproche d'avoir refusé une rencontre, pourtant facultative rappelle l'avocat, avec le médiateur du fait religieux.

Bart comprend que cette audience n'est pas la première et qu'elle a pour objet d'évaluer la réinsertion de la prévenue, les gages de sa déradicalisation, ses capacités de mère ; il se demande ce qu'elle risque à ne pas donner satisfaction au tribunal, un retour en prison ? un durcissement du contrôle judiciaire ? ses filles maintenues à distance ?

Madame, pourquoi depuis trois ans que vous êtes sortie de prison n'avez-vous pas travaillé ? L'avocat rétorque immédiatement, je vous rappelle les obligations initiales du contrôle judiciaire de ma cliente, elle devait pointer tous les jours au commissariat, n'avait le droit qu'à deux heures de sortie le matin et deux heures l'après-midi, pouvez-vous m'expliquer comment chercher un travail dans de telles conditions ? L'avocat, bras écartés en signe de stupeur, s'est tourné vers les bancs vides, vers Bart, désormais à découvert, cherchant peut-être son approbation, le prenant à témoin de la remarque malvenue de la présidente, obéissant plus sûrement à un réflexe, celui de se tourner vers le public pour plaider, vers les citoyens, représentés ici par le seul Bart, que ce mouvement inattendu de l'avocat a fait sursauter.

Jusque-là ferme dans son élocution, la prévenue est désormais silencieuse, sa silhouette s'est tassée à la barre, Bart la voit toujours de dos, entend qu'elle n'oppose plus que des hoquets aux questions de la présidente qui souhaiterait revenir sur son agression sexuelle et ses rapports avec ses enfants. Elle ne veut pas. C'est trop difficile. Son mutisme a finalement raison de la volonté du tribunal, il consent à l'interroger sur son avenir professionnel, la seule chose dont elle désire maintenant parler, et qui la ranime.

Madame la présidente, j'ai le projet d'ouvrir une savonnerie artisanale, j'ai fait une étude de marché, c'est très porteur, il y a une place à prendre, un avenir possible, surtout chez moi dans le Nord où on connaît mal le savon artisanal, contrairement au Sud, j'ai suivi une formation, je suis prête, en attendant je fais du soutien aux enfants handicapés pour l'Éducation nationale, j'ai trouvé quelques heures par semaine, mais mon projet c'est le savon, j'y crois, je suis motivée.

Très bien madame, mais pour l'instant votre projet est vraiment rudimentaire, vous avez installé votre laboratoire dans le garage de votre mère, cela ressemble davantage à un hobby qu'à une entreprise, je doute que cela soit viable. La voix de la prévenue, piquée au vif, monte dans les aigus, détrompez-vous, j'ai déposé un dossier pour obtenir l'autorisation d'agrandir mon labo et je vais le mettre aux normes européennes, c'est juste que ça prend du temps, la paperasserie tout ça, mais je vous dis que ça va marcher.

Du fond de la salle, Bart devine la moue dubitative et inflexible de la présidente, la *revenante* n'a aucune chance de la convaincre, le tribunal ne semble pas l'imaginer ailleurs que cantonnée à son emploi précaire d'accompagnatrice d'élèves handicapés. Bart aimerait voir son visage, voir si l'air incrédule de la présidente l'a affectée. Il voudrait connaître l'étendue de ses illusions, celles qui donnent le change, celles dont on se berce, celles qui font tenir, celles qui permettent l'espoir et l'émancipation.

L'avocat, qui fournira à la cour une copie du business plan, certes provisoire et simplifié, du projet de savonnerie, ne réussira pas à effacer la mine sceptique du tribunal, et l'affaire sera mise en délibéré, la présidente indiquant que le prononcé aurait lieu dans une semaine.

Alors enfin elle se retourne, marquant sa surprise de voir un homme dans le public, un témoin, elle hasarde un sourire mélancolique auquel Bart ne sait pas répondre, puis rejoint rapidement la sortie, pressée par son avocat. Bart aura eu le temps de remarquer son air juvénile, ses cernes noirs et un gros collier d'ambre ornant le haut de son thorax, pierre dont il connaît les propriétés thérapeutiques et protectrices – stimulation du système immunitaire, lutte contre la fatigue, activation de la circulation sanguine, mais rien qui ne puisse renverser le cours d'une vie, rien qui ne puisse empêcher les assignations de la justice, effacer la responsabilité quand elle vous ferre.

Bart sait que cette femme a déjà été déclarée responsable de ses actes, de sa radicalisation, de son départ en Syrie, et que le tribunal décidera bientôt si elle est une mère responsable, une employée responsable, une citoyenne responsable, si on peut lui faire confiance de nouveau, il a compris que c'était le sens de l'audience. Comme c'était le sens des entretiens à Pôle emploi ; et il se réjouissait de ne pas avoir à les mener, de ne pas être celui qui jugeait comptable de sa situation un homme à la santé précaire ayant refusé un emploi de manutentionnaire loin de chez lui, des entretiens qui ramenaient toujours les échanges aux mêmes questions, la volonté, le mérite, la responsabilité individuelle – du boulot il y en a, il ne tient qu'à vous.

Mais Bart ne croit plus à la responsabilité, ni que les actes soient personnels. Il en doutait avant de venir s'installer au palais, il en est certain à présent. Cette femme n'est pas seule responsable de son départ en Syrie. Il n'est pas dupe d'une justice qui construit des récits comme des meccanos, singularisant les faits et gestes – comme si tout acte supposait un individu qui en serait la cause, consciente, volontaire, intentionnelle, responsable donc. Et s'il y a des circonstances, qui peuvent être aggravantes ou atténuantes, elles resteront secondaires, mineures, certainement pas des excuses, on ne s'y attardera pas, se contentant de les énoncer – orpheline de père, agressée par un homme, humiliée à un examen –, comme si les énoncer suffisait à les prendre en considération, comme si les relever était déjà charitable.

Bart a compris que la simplicité du raisonnement – un acte/une personne, une cause individuelle/un effet individuel – permettait de justifier la sentence. Trop de responsabilités éparpillées, des êtres et des choses – les hommes qui ont percuté sa vie, les examens ratés –, rendraient les faits si compliqués à juger, moins arrangeants, et les causalités bien incertaines. Les événements ont pourtant toujours de multiples origines, lesquelles ont par exemple amené Bart à s'installer au palais de justice ou cette femme en Syrie ; mais pour établir une responsabilité mieux vaut en identifier une seule, qu'on isolera, un individu de préférence, une cause de chair et de sang, qui pourra se présenter à la barre, incarnant et personnifiant le crime, le péché, cette accusée qui a fauté et qui doit expier, que l'on tiendra pour responsable, puisque la responsabilité est moins le constat d'une logique objective et interne – c'est si emmêlé à l'intérieur de cette femme, si obscur et aléatoire – qu'un jugement porté depuis l'extérieur de cette femme, depuis une estrade, un jugement qui se veut exemplaire, car le condamné est toujours un exemple, qui parfois paye pour tous ceux qui ont échappé, un exemple fabriqué à coups de considérations morales et d'hypothèses invérifiables – la malveillance, la perfidie d'une femme partie en Syrie.

Mais, à l'avoir écoutée, et puis ce sourire mélancolique, Bart a le sentiment que cette femme est moins une cause qu'un effet, un effet de tout ce qui est arrivé, une succession d'événements délétères. Et Bart lui-même se sent un effet plutôt qu'une cause, non l'origine d'une vie mais son résultat, à peine quelqu'un en réalité, peut-être une membrane qui vibre, du papier carbone, de la pâte, une matière malléable et poreuse.

Et c'est parce qu'il ne croit plus à la responsabilité individuelle, parce que *je* est un leurre et que *moi* est incertain – il lui préfère le *nous*, plus honnête, plus précis –, que Bart a le sentiment que la culpabilité de cette femme dédouane tous les autres, le dédouane lui aussi, lui permet de s'extraire de la longue et complexe chaîne des causalités – une femme responsable et tous les autres irresponsables, non coupables, non punissables, la communauté blanchie ; une femme paye pour nous, la réprouver est notre soulagement et notre acquittement.

Alors ce soir, seul dans le public, dans cette salle imposante et vide, solitude propice aux épiphanies, Bart ne se sent plus tellement innocent ; il flanche, peut-être disposé à prendre en silence sa part de responsabilité – pour les accusés comme pour les chômeurs –, car ici, il l'éprouve chaque jour, les individus existent moins que les liens qui les unissent, existent autant que les communautés auxquelles ils appartiennent, puisque étant reliés dans ce qu'on nomme société nous sommes collectivement mêlés à l'affaire, partie prenante de tout ce qui advient, puisque la société existe et que nous y sommes jusqu'au cou, et qu'elle est en nous, incrustée, martelée – victimes et complices, tous coupables, c'est l'injonction qui vient à Bart, qui lui semble juste, et il le dirait tout haut s'il savait crier.

L'impasse lui semble maintenant évidente : si le procureur représente les intérêts de la société, la défend, qui attaque la société, qui dénonce sa responsabilité à l'audience ? Bart l'appelle en secret à comparaître pour ses méfaits, pour sa part dans l'enchaînement des événements qui a conduit une femme en Syrie car, si la culpabilité est individuelle, la responsabilité est collective.

L'escalier mécanique émet un léger chuintement et tourne au ralenti, Bart se tient en équilibre sur le bord de la marche, les doigts serrés sur la main courante en caoutchouc, c'est tiède et poisseux, il aurait préféré un véritable escalier, manière d'avancer à son rythme, mais au palais, moderne et fonctionnel, on ne se déplace qu'en ascenseur ou en escalator, à une vitesse déterminée d'avance, programmée par des ingénieurs – compromis entre deux sentiments, de sécurité et d'efficacité –, que Bart évalue à un kilomètre heure.

Cet escalier roulant le mène invariablement de la cafétéria aux différentes chambres, de sa cache à la cafétéria, son existence s'est résorbée dans cet unique mouvement, ascendant et descendant, une vie réglée, une routine immuable, et une inversion du monde, toute chose réelle se trouvant maintenant dans cette enceinte et les immenses vitres du palais réfléchissant les événements du dehors, les salles d'audience devenues les chambres d'écho autant que les coffres-forts de l'inconciliable violence, de la férocité de la vie, dont Bart tente de capter chaque réverbération.

Désormais il monte et descend sans plus vraiment prêter attention aux lieux, aux détails, à ce décor devenu trop familier, mais ce matin l'escalator le dépose au quatrième étage et il découvre de nouveau cet extrait de la Déclaration des droits de l'homme et du citoyen – *Tout homme est présumé innocent jusqu'à ce qu'il ait été déclaré coupable* – affiché à la sortie de la salle 4.33 –, qui le saisit cette fois comme un aveu d'impuissance. Jusque-là ses yeux avaient le plus souvent glissé, à peine étonnés, plutôt indifférents à ces phrases imprimées sur les murs.

Elles sont partout dans le palais de justice, dès l'entrée, dès le contrôle de sécurité – *Tous les êtres humains naissent libres et égaux en dignité et en droits. Ils sont doués de raison et de conscience et doivent agir les uns envers les autres dans un esprit de fraternité* –, et Bart entreprend maintenant de parcourir les étages pour les relever, à la manière d'un jeu de piste, d'une énigme à reconstituer – leur vérité apparaîtra peut-être une fois réunies, mises bout à bout.

C'est une litanie de déclarations et d'aphorismes qui ornent les murs et s'offrent, solennels, à la vue et à la dévotion des visiteurs. Les phrases sont là, elles nous attendent, nous accueillent, nous toisent, de grands principes devenus slogans sur les murs – *Toute personne a le droit à ce que sa cause soit entendue équitablement, publiquement, et dans un délai raisonnable* –, des règles désormais purement décoratives – *La loi est l'expression de la volonté générale. Elle doit être la même pour tous, soit qu'elle protège, soit qu'elle punisse* –, des maximes faussement réconfortantes – *Juger c'est aimer écouter, essayer de comprendre et vouloir décider* –, des injonctions abstraites – *La loi ne doit établir que des peines strictement et évidemment nécessaires* –, des articles de la Convention européenne des droits de l'homme qui agrémentent le palais plus sûrement qu'elles ne garantissent le bon exercice de la justice.

Bart n'y trouve pas son compte, passe de nouveau en revue chaque citation, avec le sentiment que la cause des hommes condamnés n'a pas toujours été entendue équitablement, ni que l'esprit de fraternité a prévalu, ni que la loi est la même pour tous, ni que toutes les peines aient été strictement nécessaires – et qu'aucune de ces phrases ne prend acte de notre responsabilité collective.

Bart s'efforce de ne pas y voir du vice, mais ne doute pas que ces sentences impérieuses aient au moins pour objet de l'impressionner autant que de le rassurer, au même titre que ce bâtiment monumental ; ce pourquoi les volumes imposants, la hauteur vertigineuse, mais aussi le bois clair, les murs immaculés, les puits de lumière, pour donner des gages, d'ouverture et de transparence, d'hospitalité et de réconfort, manière d'atténuer la brutalité, car entrer ici c'est être pris dans le faisceau aveuglant de la loi, c'est avoir été convoqué, devoir se mettre *à la disposition de la justice*, c'est souvent que le drame a eu lieu, qu'il est déjà trop tard, alors les baies vitrées, et sans doute les belles déclarations au mur, comme des tentatives de consolation – bien piètres en conclut Bart ce matin.

Il redescend à la cafétéria dans l'attente de l'ouverture des audiences, commande son café crème, qui lui semble étrangement insipide, rien d'autre qu'un liquide gras qui tapisse son estomac. Il se demande s'il a perdu le goût, sa bouche lassée, à quoi bon distinguer les saveurs s'il s'agit uniquement de se nourrir, les papilles peut-être éteintes à force d'avaler prestement toujours la même chose. Alors il se relève et commande un chocolat chaud, mais la sensation est la même, de fadeur douceâtre, et il abandonne le gobelet sur la table, lui qui prenait toujours soin de le jeter – la serveuse le remarque, ce n'est pas dans ses habitudes, lui trouve aujourd'hui un air louche.

Bart se hisse dans son bivouac, le linge sèche sur la poutrelle métallique, diffusant une odeur humide et âcre dans cet espace mal ventilé, des moutons de poussière volent au moindre geste, le carton qui lui sert de matelas commence à se déchirer, les sacs plastique pendus à se détendre, le temps passe, le châle de laine bouloche, le tissu de sa veste est poché aux coudes, ce soir les câbles électriques grésillent au-dessus de sa tête, la souris reste invisible et silencieuse, le ronflement lointain et familier de la soufflerie apaise, il faudrait changer la pile de la lampe frontale qui commence à faiblir. Doucement les choses et son costume s'usent même si, à l'abri de la saleté du dehors, la dégradation de son allure générale est retardée.

Il lui semble qu'il a toujours vécu là, dans l'obscurité et le secret, un terrier adapté aux dimensions de son corps et à la menue chorégraphie de ses déplacements, il n'aurait plus besoin de davantage, ses mouvements sont réduits à leur stricte utilité, autant ne pas gaspiller l'espace, ne rien consommer au-delà du nécessaire, ce n'est pas si différent de la vie d'avant, et ici il est à l'abri, en retrait, lui qui pesait déjà si peu, désormais il ne pèse plus et en retour rien du monde ne lui pèse, il se sent comme un navigateur solitaire décidé à ne jamais regagner les côtes, débarrassé, autonome, tout entier dévolu à sa tâche, plus qu'une chose à faire, être attentif, aussi longtemps que possible.

La salle du tribunal correctionnel est bondée et pas un Blanc si ce n'est Bart, blafard. L'audience s'ouvre une fois encore sur une affaire de violences conjugales, le couple est arrivé du Sénégal avec ses cinq enfants il y a quelques années. Ce sont les enfants qui ont appelé la police, alors que leur mère venait de recevoir un violent coup de poing du père. Ça fait quinze ans que je subis des violences verbales et physiques, j'en peux plus, ça suffit maintenant, il m'a insultée parce que le riz était trop salé, ça a commencé comme ça, je veux divorcer c'est tout.

L'homme est appelé à la barre pour s'expliquer, il porte un costume gris fatigué, trop court, pantalon et veste laissant apparaître chevilles et poignets, il a l'air désorienté, parle d'une voix sourde, à côté du micro, son accent trempé avale les mots, vous êtes inaudible monsieur, madame la greffière ne peut pas noter, on ne vous comprend pas, parlez plus fort et plus distinctement. L'audience commence à peine et la juge est déjà exaspérée, tendue par l'horaire qu'elle ne pourra pas tenir – trop d'affaires inscrites au rôle –, le fait inutilement répéter, on comprend qu'il ne veut pas divorcer, le reste de la phrase, une série de monosyllabes, se perd dans une voix de plus en plus faible, cet homme n'a jamais parlé dans un micro, ne sait pas où placer son visage face à l'instrument, et les consignes irritées de la juge ne sont d'aucune aide, il n'a l'habitude ni de ce micro ni du langage, deux outils malcommodes, difficiles à utiliser, dont on s'afflige qu'il ne sache pas s'en servir quand on ne lui a jamais montré comment.

La juge s'irrite de ne pas comprendre ce que tente de dire le prévenu tandis que Bart s'irrite de cette juge qui se fout d'être elle-même mal comprise, les magistrats faisant rarement des efforts pour être entendus, cramponnés au formalisme de leur langage juridique. Bart a espéré en vain un juge qui veuille bien se plier à la langue courante, à la langue commune, sans craindre d'affaiblir sa parole ou sa position, comme si le parler ordinaire, dans la bouche d'un magistrat, dans la gueule de la justice, rendait les mots inopérants, illégaux peut-être, frappés de nullité.

L'affaire est expédiée puis deux hommes apparaissent menottés dans le box, et une jeune fille à la barre qui comparaît libre. Une histoire de vol d'argent liquide et de tickets-restaurant dans un fast-food. La fille travaille dans le restaurant et a fait entrer les deux hommes après son service. Bart a le sentiment de les avoir déjà vus, dans cette salle d'audience et dans les autres, ces silhouettes accablées, en veste de jogging, ces marmonnements, il les connaît par cœur désormais, comme si le tapis roulant de la justice les faisait indéfiniment repasser devant lui.

Le premier est en détention provisoire depuis des mois car récidiviste – la juge fait état de treize mentions sur son casier judiciaire. Cela a commencé avec le tribunal pour enfants, puis des outrages, des affaires de stupéfiants, des violences en réunion, des vols, des menaces de mort réitérées, une conduite sans permis, la fourniture d'identités imaginaires. Bart détaille ce visage sur lequel les treize mentions ont chacune imprimé leur marque, treize stigmates – une encoche, une incision dans la chair abîmée, une cicatrice, une trace rouge, une coupure, une entaille, une balafre, une taillade, la peau maculée de lésions, la mine mauvaise et fatiguée, la gueule défoncée.

Monsieur, il semblerait que vous ayez un problème avec l'autorité ? Je vois plusieurs rapports d'incidents en détention, pour stupéfiants, pour une histoire de téléphone portable.

Ah non, pas du tout, je n'ai pas de problème particulier avec l'autorité. Je ne sais pas comment expliquer, j'ai rien à vous dire. Ma détention se passe mal, vous savez, en six ans de prison cumulés on a presque tout vu, on en a marre et ça se comprend je pense. Je fais ce que je peux en prison mais y'a pas d'activité pour tout le monde, je fais du sport, je suis des cours pour passer mon BEPC. Je voudrais sortir pour retrouver mes deux enfants, six ans et dix-huit mois, le deuxième je le connais même pas, j'étais incarcéré au moment de l'accouchement.

Et, dehors, qu'est-ce qui assurerait votre subsistance et celle de votre famille ? Je vis aux patins de ma femme. Je ne comprends pas. Aux crochets si vous préférez, je vis à ses crochets, vous voyez ?

Le deuxième prévenu, son frère de misère, même survêtement, même visage abîmé, mêmes mains tordues et même résignation traversée parfois d'un éclat de colère, compte une mention de plus à son casier judiciaire, quatorze – rébellion, outrage, menaces de mort, refus d'obtempérer, conduite sous état alcoolique, vol aggravé avec violences.

C'était il y a longtemps, il y a dix ans au moins, j'étais jeune.

Comment se passe la détention ? On n'a pas le choix, on attend de sortir pour rejoindre la famille, même si je suis en instance de divorce j'ai deux enfants dehors, de trois et quatre ans, et puis je pourrai retrouver mon boulot de mécanicien auto, à mille cent euros par mois je peux m'en sortir.

La moue sceptique de la présidente du tribunal n'est pas encourageante, la peine sera hâtive et dure, la délinquance ordinaire se juge sans inquiétude sur les conséquences – ils ne peuvent pas tomber plus bas et les déjà à terre n'ont rien à perdre –, et Bart, à force, sait les magistrats froissés et épuisés par ces forfaits médiocres, les vols, les incivilités, la vente à la sauvette ou de cannabis. Sans doute rêvent-ils de délits plus flamboyants, comme la fraude fiscale, la corruption, le trafic international d'armes et de drogues, la criminalité politique et financière, organisée, plutôt que cette délinquance miséreuse et stupide. À voir leurs mines plus hostiles que nécessaire, Bart devine cette aversion pour le tumulte et la violence, cette phobie de la sédition, qui pourraient entamer leur indispensable tonus moral, leurs convictions, la confiance qu'il faut avoir dans l'ordre social pour faire ce métier – il ne s'agirait pas de douter, de se mettre à maudire le monde tel qu'il va, car les juges sont fragiles, Bart l'a appris, leur vulnérabilité est à la mesure de leur trop grande légitimité, de leurs certitudes solidifiées dans les fondations de la loi. Libérer ces deux hommes dans le box, contester l'agencement des choses et des êtres, ce serait trembler, chuter peut-être.

D'autres affaires s'enchaînent, le découragement gagne Bart, mais il reste une dernière affaire à traiter, et sa méticulosité, une forme de conscience professionnelle, l'incite à rester : elle concerne de nouveau une agression sexuelle, on en compte de plus en plus, un nombre croissant d'audiences quand il y a encore quelques années les femmes gardaient la violence pour elles.

Cette fois, le mis en cause est un jeune homme de vingt-six ans, la cour rappelle qu'il est ingénieur du son, gagne deux mille cinq cents euros par mois, que son casier judiciaire est vierge, un profil plutôt inhabituel, et en effet l'homme élancé aux cheveux longs, ramassé sur lui-même, est visiblement écrasé par la situation.

Pour avoir à Paris, le 7 juin 2023, en tout cas sur le territoire national et depuis temps non couvert par la prescription, commis une atteinte sexuelle avec violences, contrainte, menace ou surprise, en l'espèce notamment en lui touchant la poitrine et les fesses, attributs du corps humain présentant un caractère sexuel, et en frottant son sexe contre celui de la victime, avec cette circonstance que les faits ont été commis en état d'ivresse.

C'est une fin de soirée dans un appartement des beaux quartiers, il y a de la musique et de l'alcool, des fonds de bouteilles qu'on avale cul sec, ils sont quatre, se connaissent bien, le prévenu, son meilleur ami et deux filles dont l'une est la compagne du meilleur ami. C'est elle qui accuse le jeune homme d'agression sexuelle et a appelé la police juste avant le lever du jour.

Il a été placé sous contrôle judiciaire avec obligation de ne pas se rendre en certains lieux, le quartier où a été commis le délit, de ne pas rencontrer la victime et de se soumettre à des mesures de soins pour évaluer son alcoolisme. L'expert psychiatre qui l'a examiné a relevé un discours cohérent, structuré, et une absence de symptômes de la sphère psychotique.

La présidente du tribunal s'est redressée dans son fauteuil, retrouvant de l'allant, acérée malgré la fatigue de fin de séance, ou plutôt à proportion de cette fatigue, chauffée à blanc par l'épuisement, par ces tronches de travers qui défilent à la barre et qui ne lui reviennent pas, bafouillant, se dérobant, clamant leur innocence, elle n'en peut plus, et aussi de ce beau jeune homme blond aux traits fins, son jean impeccable, ses baskets neuves et son polo. Bart sent la violence qui monte, pas cette violence institutionnelle coutumière, cette violence feutrée et détournée des tribunaux, mais celle qui s'exerce habituellement au-dehors, à nu, la violence humaine, comme si cette juge entendait tout simplement casser la gueule du prévenu et qu'on en finisse ; cela arrive, des bouffées agressives, des élans de haine. Elle s'adresse maintenant à ce garçon perdu en le pointant avec son stylo, relate les faits d'un ton ironique et cinglant, a abdiqué toute neutralité, toute présomption d'innocence, disposée à se laisser aller aux leçons de morale et aux commentaires désobligeants, plutôt que de regarder les choses telles qu'elles sont.

Alors, quand monsieur a bu, monsieur est très tactile, il fait beaucoup de câlins, il faut dire que votre taux d'alcoolémie était invraisemblable, vous êtes un champion, vous vous souvenez de la campagne de publicité contre l'alcool, tu t'es vu quand t'as bu ? On s'amuse, on fait la fête, vous pensez que c'est ça faire la fête, s'alcooliser ? Vous avez été placé en garde à vue à cinq heures du matin, et compte tenu de votre imprégnation alcoolique, un taux de 0,92 milligramme, vos droits n'ont pu vous être notifiés que le lendemain à quinze heures, il a fallu attendre dix longues heures pour vous entendre, le temps que monsieur cuve en cellule de dégrisement. Vous avez déclaré en garde à vue que vous n'aviez pas d'attirance sexuelle pour la victime en raison d'une trop grande différence de taille entre elle et vous, vous n'êtes pas très grand pourtant.

Je fais quand même un mètre quatre-vingt-trois et elle un mètre cinquante-cinq madame la présidente. La belle affaire monsieur, vous pensez que c'est un argument ?

Il comprend sa maladresse, voudrait dire que sous le choc de la garde à vue il a été expéditif, malhabile, mais ne trouve pas les mots, ni pour être précis ni pour faire amende honorable, celle qu'attend la juge.

Je n'ai pas frotté mon sexe contre ses fesses, elle ment, je suis peut-être un peu tactile quand j'ai bu mais je ne l'ai pas agressée, il n'y avait rien de volontaire, je ne reconnais pas les faits, l'enlacement à la rigueur.

Vous parlez trop vite, madame la greffière n'a pas le temps de noter. Pardon c'est le stress. Sa main tapote nerveusement la barre. La juge l'observe maintenant par-dessus ses lunettes, outrant une moue de dédain, ah oui, peut-être, le stress.

C'est parce qu'elle est jalouse de ma relation amicale avec son copain qu'elle a raconté tout ça. Ah, parce que vous pensez être un ami agréable ? Et puis cessez avec la certitude de votre innocence, cela irrite nos oreilles. Elle ne voulait pas que vous l'enlaciez, vous pouvez l'entendre ça ? La juge a haussé la voix. Oui bien sûr je comprends, mais quand je l'ai enlacée elle ne s'est pas débattue, elle ne m'a pas repoussé, n'a pas crié.

L'avocate, à bout de patience, interrompt l'échange, madame la présidente, enlacer est-ce une atteinte sexuelle ? L'étreinte, l'enlacement, quelle différence ? L'un des deux est-il une atteinte sexuelle ? Il faudrait qu'on s'entende sur les mots. Et se rassoit sans attendre de réponse.

Bart, jusque-là requis par le spectacle de ces échanges cinglants, remarque que la salle s'est vidée, comme souvent en fin de journée, et comme souvent quand le prévenu, arrivé seul, vient d'un monde peu habitué à ces humiliations publiques, particulièrement sensible à la honte, à la disgrâce, un monde dont la solidarité ne s'exerce que dans les limites de ses positions favorables. Bart a cherché en vain dans l'assemblée une présence proche, un ami, un parent, alors se félicite d'être resté, de jouer silencieusement ce rôle, espérant que le prévenu sache y détecter un signe de fraternité.

La parole est maintenant au procureur qui soutient que la culpabilité du prévenu ne fait pas de doute : monsieur fait fi des personnes et les traite comme des objets, je requiers une peine de six mois d'emprisonnement assortis d'un sursis et une inscription au fichier judiciaire des auteurs d'infractions sexuelles.

Puis c'est au tour de l'avocate, bouillonnante, qui a enfin la parole et l'empoigne : ce dossier est vide. Les propos des deux témoins ne corroborent pas les déclarations de la plaignante, voire les infirment sur la majorité des points. Je relève d'ailleurs qu'elle ne s'est pas présentée à l'audience ni ne s'est fait représenter. Les déclarations de la plaignante sont donc contredites par celles des témoins, en particulier par son compagnon qui n'a vu que des câlins sans aucune connotation sexuelle, qui a déclaré que son ami avait peut-être été trop tactile mais rien de plus, ajoutant : sinon j'aurais tout stoppé bien sûr. La plaignante elle-même affirme que le prévenu n'était pas conscient de ce qu'il faisait, le délit n'est donc pas constitué, en aucun de ses éléments, ni matériels ni intentionnels. La seule perception de la plaignante ne saurait être un élément de preuve suffisant pour condamner. Si ses seules déclarations suffisaient à justifier une condamnation, cela contreviendrait au droit de la preuve qui gouverne la procédure française. Je rappelle que la charge de la preuve incombe à la partie poursuivante. À aucun moment il n'a été dit par quels moyens de menace, de violence, de contrainte ou de surprise, mon client aurait usé pour agresser sexuellement la plaignante. Il ne ressort d'aucune déclaration de la plaignante que mon client aurait usé de la force ou de la contrainte physique pour commettre les faits qu'elle dit avoir subis. Je le répète, le dossier est vide, je sollicite donc la relaxe, a minima au bénéfice du doute.

D'audience en audience, il a semblé à Bart que, devant des faits douteux, la justice ne prenait jamais le risque de ne pas condamner un coupable, craignant sans doute qu'on le lui reproche, veillant à se couvrir, à protéger sa réputation, mais qu'elle ne s'inquiétait pas de condamner un innocent, la présomption d'innocence étant une formalité dont les juges s'embarrassent rarement, et le doute profitant peu à l'accusé, bien que l'article 304 du code de procédure pénale, souvent invoqué par les avocats, pose sa nécessité dans l'établissement du jugement. Il est plus grave de laisser un coupable dehors que d'enfermer un innocent, voilà ce qui apparaissait comme une conviction largement partagée, et Bart n'était pas très confiant pour ce jeune homme.

La plaidoirie lui a cependant redonné de l'aplomb, il ne tremble plus, et l'avocate est soulagée d'avoir parlé. L'audience suspendue, ils ont l'air sereins, la colère de la juge ne semble plus les émouvoir, ils profitent de ce court instant, ces minutes latentes, encore poreuses aux contingences, aux ambivalences, où l'une et l'autre décision peuvent être envisagées ; la plaidoirie a été belle, ferme et précise, le tribunal s'est retiré, goûtons cet espoir, gardons à l'oreille les derniers mots de la défense, soufflons un peu, avant que la porte du fond, celle qui donne sur l'estrade des juges, ne s'ouvre à nouveau, qu'il faille se lever pour la cour, que l'inquiétude revienne comme une giclée d'acide au visage du prévenu. Si Bart avait la parole, il demanderait à la présidente du tribunal quelle sorte de satisfaction elle a éprouvée, peut-être un soulagement, pas celui du travail bien fait, de la tâche accomplie, de la mission honorée, mais une satisfaction plus obscure, plus profonde, ce plaisir qu'on ressent à venger, à tourmenter et liquider des gens, au nom d'une cause érigée.

Le tribunal vous condamne à un emprisonnement de quatre mois avec sursis et une inscription au Fijais, le fichier judiciaire des auteurs d'infractions sexuelles, cette peine, monsieur, constitue une juste sanction et un avertissement solennel de ne pas réitérer de tels faits, la séance est levée.

Bart est seul, la salle d'audience s'est vidée comme un siphon, le planton qui garde la sortie lui a lancé un regard torve mais ne lui a rien demandé, les lumières se sont éteintes, le silence s'étire, il pourrait rester là cette nuit plutôt que de rejoindre sa cache, s'allonger sur ce banc, son corps désormais rompu à la rigidité et à l'austérité, il pourrait dormir n'importe où à présent, il faudrait seulement s'accoutumer à l'espace vertigineux de cette salle quand cela fait si longtemps qu'il dort dans son terrier, s'habituer à l'atmosphère nerveuse alors que l'agressivité de la juge nimbe encore l'air, électrique, des échos stridents qui résonnent aux oreilles de Bart, le verdict qui claque, la soif de châtier, quoi de plus humain, banal, quelque chose dans le geste de punir qui déborde la seule justification légale et contamine les lieux.

Figé dans l'obscurité, Bart absorbe lentement le souvenir de la scène, la tension agrégée, l'impossible conciliation, le sentiment que rien n'a pu être éclairé sereinement, que les échanges ont été bâclés, une impression désagréable, un goût âcre dans la bouche, celui du gâchis. Si la brutalité de la présidente du tribunal a de multiples fondations, et sans doute parmi elles la manière méprisante et épuisante dont la traite sa hiérarchie, Bart en cherche d'autres, moins évidentes, plus structurelles, voudrait localiser l'origine de cette cruauté, et c'est peut-être dans les plis de la robe qu'elle se niche, de l'étoffe noire qu'il faudrait la déloger.

Si l'habit de cérémonie impose une solennité nécessaire, il rend peut-être agressif, la férocité se pratiquant d'autant mieux vêtu du drap sombre moiré. Les larges manches, les revers et la simarre de soie précieuse qui rehaussent la juge et la protègent lui donnent aussi une autorité dont elle pourrait abuser, une autorité gâtée, dévoyée en mépris. Si le vêtement porté pour le rite sacrificiel de la justice masque son identité – madame le juge n'a pas de nom, elle est une fonction, un état –, si la robe est une couverture, une armure, elle permet aussi la violence, et sans crainte des représailles.

Bart, qui a fait vœu de quiétude, ne saurait arracher cette robe à la présidente du tribunal, mais sait que s'il osait, elle abandonnerait aussitôt cette moue condescendante, ces yeux au ciel, ces soupirs outrés, ce sourire en coin et ce mouvement agacé de la main.

Si l'uniforme tombait, la justice serait plus périlleuse à rendre, mais la réalité des sentiments camouflés qui président à son exercice serait enfin rendue visible, il faudrait les reconnaître, nos aversions, nos antipathies, les concéder, assumer collectivement la loi, sur l'estrade et dans le public, comme si nous ne pouvions faire société sans cette passion commune, inextricable, pour la répression.

Car quand Jésus dit ne jugez point, la foule dit ne soyez pas laxistes. Quand la juge dit la sanction est juste, Bart entend la souffrance est juste, entend la souffrance est un moyen et une fin, entend nous sommes vengés.

Ces pensées et l'espace trop vaste finissent par l'étourdir – son corps perdu dans la hauteur, les vibrations de l'audience qui strient encore l'air, la tête qui tourne ; il préférerait maintenant rejoindre son antre, son refuge, le vide technique du plafond devenu sa maison, là où vivent en silence blattes, acariens, mulots et poussière, mais Bart a laissé passer l'heure de la fermeture, ce serait trop risqué, les vigiles, les caméras de surveillance, il y a échappé le premier soir, il n'aura pas cette chance une seconde fois, il faut se résoudre à passer la nuit ici, ne pas se faire surprendre au petit matin par la première ronde, échapper aux torches et aux regards ; alors Bart avance jusqu'à la tribune, ne s'assoit pas dans le fauteuil haut de la présidente du tribunal mais s'enroule à l'extrémité de la longue estrade, sous le siège du procureur, genoux au menton, bras croisés sur la poitrine. Il s'est contenté de dénouer sa cravate et ses lacets, il a froid, ne trouve pas le sommeil, tâche de calmer sa respiration mais ne dort pas, finit cependant par somnoler, une torpeur suffisante, un sursis entre la veille et le repos, pour tenir sans impatience jusqu'au matin.

Il reste ainsi blotti quelques heures puis se faufile hors de la salle d'audience. Son café au lait bien blanc ne le console pas de la sensation d'être mal peigné, sale, négligé. Il n'aime pas ça, contrarié d'avoir dormi dans son costume, cette fois irrémédiablement froissé, mais cette histoire de fer à repasser ne sera pas résolue et il est inenvisageable de sortir, en quête d'un pressing ou d'une boutique de prêt-à-porter, il faut tenir encore, trouver un moyen de ralentir l'affaissement de son apparence et, de nouveau, tout à l'heure, humidifier et lisser la toile pour la retendre, garder encore un peu bonne allure.

Bart remonte, fait couler l'eau, devine d'autres reflets dans la glace, ceux des premiers visiteurs du palais, reste concentré sur ses mains veineuses qu'il frotte avec application, à la jointure des doigts et sur les cuticules, attend que tous soient sortis pour fermer le robinet et relever la tête, puisque, dans une journée, croiser le moins de regards possible, ne pas attirer l'attention.

Aujourd'hui il ne consultera pas le panneau d'information, choisira une salle au hasard, en fonction de l'attroupement peut-être, des affaires de stupéfiants, de violences ou de terrorisme, des vols ou des trafics, il verra bien, les crimes et les délits ne manqueront jamais, ils s'écoulent en flux continu, une rivière sordide, boueuse et intarissable, sur laquelle vogue la justice, sans destination si ce n'est de se maintenir à flot, de ramer, de souquer quand l'ordre en est donné, de garder invariablement le cap.

Quelqu'un avait bien dû dénoncer Bart car, sans qu'il ait rien fait de mal, il fut arrêté.

Sa présence, qu'il croyait minuscule, anodine et pacifique, avait donc été remarquée, était devenue suspecte, pouvait peut-être tomber sous le coup de la loi, ne serait plus tolérée.

Il était certes repéré depuis longtemps par quelques-uns, employées de la cafétéria, gardiens, peut-être des policiers et des huissiers, personne cependant ne lui avait témoigné d'hostilité et, en dehors de ces contacts, quotidiens mais furtifs, il passait inaperçu, rien ne signalait une menace.

La police vint l'arrêter à la faveur d'une suspension d'audience. Bart assistait à une journée de comparutions immédiates, une affaire de vol à la roulotte allait être jugée et le président du tribunal avait interrompu la séance en réponse à des invectives venues du public ; une grande agitation s'en était suivie.

Comme à son habitude Bart s'était isolé, patientant sur un banc à quelques mètres de la petite foule qui attendait la reprise des débats.

Deux jeunes policiers se sont approchés, lui ont demandé poliment de se lever, de les suivre, n'en diront pas davantage. Bart n'a posé aucune question, marqué aucun étonnement, opposé aucune résistance, et leur a emboîté le pas, sans que personne semble s'émouvoir ni même remarquer la scène.

On le mène alors un peu plus loin, jusqu'à un bureau dissimulé dans un renfoncement ; un cartel indique Permanence du parquet, on entre sans frapper, la pièce est sommairement équipée de mobilier administratif, une table et deux chaises, un ordinateur, une lampe articulée et un téléphone à fil, les murs sont nus. Les policiers fouillent Bart, ses vêtements, pas davantage, ne trouvent pas de papiers, pas même un téléphone portable, aucun indice permettant d'établir une identité, qu'il refuse silencieusement de décliner malgré l'insistance de la question – posée quatre fois par les policiers d'un même ton calme, équanime, et qui finissent par renoncer.

On le fait alors asseoir face à une femme d'une cinquantaine d'années – lunettes demi-lune de presbyte et visage repu –, habillée en civil, qui relève la tête de ses dossiers et, sans précaution oratoire ni entrée en matière, fixant Bart d'un air blasé, lui confirme son déferement d'une voix blanche, pour *vagabondage*. Monsieur, vous êtes à la disposition de la justice. Bien que le délit de vagabondage ait été supprimé du Code pénal en 1994, il a semblé que la qualification vous était adaptée, *les vagabonds ou gens sans aveu étant ceux qui n'ont ni domicile certain, ni moyens de subsistance, et qui n'exercent habituellement ni métier, ni profession* ; je ne saurais mieux caractériser votre comportement et votre état.

Bart est pourtant cet homme dont on ne peut rien savoir. Et il semblerait que sa cache n'ait pas été découverte, ce qui le rassure. Il pense à la souris, à son châle de laine, au ronronnement des turbines, il ne voudrait pas que le lieu soit visité, saccagé, profané. Il veut garder son refuge secret et intact, en être le dernier habitant ; le reste importe peu.

Ses yeux ne croisent pas ceux de la magistrate, se portant toujours vers un point invisible au-delà de la scène, son corps ne trahit aucun frémissement, sa bouche n'articule aucun son, il semble attendre que cela passe, que cela se termine. Elle le détaille un instant, le regard à peine étonné au-dessus de ses demi-lunes, puis replonge dans ses dossiers comme si Bart s'était évaporé.

Un vagabond désormais, un rôdeur, un squatteur, un homme douteux. Un vagabond immobile, sédentaire, lui si tranquille, lui qui vagabonde à peine, d'un étage du palais de justice à l'autre, d'une salle d'audience à la cafétéria, se déplaçant en silence de quelques mètres, décidé à ne plus arpenter que l'espace réduit d'un unique bâtiment dans la ville, voilà donc ce qui fait de lui un suspect.

Si Bart, fidèle à sa nature, reste impavide, affiche toujours cet air dérobé et insondable, c'est peut-être aussi qu'il consent à être jugé. Pas au nom d'un délit qu'il aurait personnellement commis, puisque le personnel est toujours sujet à caution, mais plutôt pour prendre enfin sa part dans la responsabilité collective de tous les délits. Un membre parmi d'autres, une partie pour le tout, un représentant, pourquoi pas lui, pourquoi pas son tour, après les voleurs, les djihadistes, les drogués, les violents, les abuseurs ? Puisque, selon Bart, chacun d'entre nous devrait comparaître au moins une fois dans sa vie, qu'importe les actes perpétrés ou non, chacun une fois au nom de tous, pour éprouver et endosser notre existence commune, notre participation au monde, même Bart, même ceux qui, comme lui, pèsent à peine sur ce monde, de la manière la plus discrète et la plus inoffensive ; il s'agit, une fois seulement, de reconnaître que nos destins sont liés, nos vertus comme nos méfaits, nos inclinations comme nos aversions, nos passions en commun. Ce pourquoi Bart ni ne s'indigne ni ne se révolte.

Et s'ils divergent sur le motif du déferement, sur la logique à l'œuvre, ils s'entendent sur leur conséquence – un procès semble juste à Bart comme à la magistrate –, les raisons du premier restant confidentielles et lointaines, celles de la seconde étant indiscutables et rendues publiques.

Elle a de nouveau relevé la tête : pas de garde à vue, vous allez être jugé immédiatement en comparution immédiate, vous êtes sur place, c'est le plus simple, le plus rapide, et vous n'avez sans doute rien de mieux à faire, vous ne m'avez pas l'air très occupé. Désirez-vous être assisté par un avocat ? J'interprète donc votre silence comme un refus. Bon courage monsieur.

C'est terminé, les deux policiers ont réapparu, font lever Bart d'une main sur l'épaule, mutiques eux aussi, et l'escortent jusqu'à la salle d'audience, par un dédale de coursives, comme s'ils faisaient mille détours, montent par un ascenseur puis redescendent par un escalator, ouvrent une porte qui débouche sur un large palier, ressortent par une autre, Bart ne se repère plus mais suit sans ralentir, les policiers avancent toujours, sentant dans leur dos le pas régulier du prévenu, ils ont confiance en lui, l'homme ne tentera rien, il est de ceux qui ne posent pas de problème, même pas de questions. Au terme d'un parcours labyrinthique, ils arrivent enfin devant une salle d'audience, inconnue de Bart, qui avait échappé à sa recension, qu'il n'avait pas repérée sur l'écran, la salle 6.50 au niveau 6 du palais, de laquelle s'échappe une drôle de clameur.

Les policiers s'arrêtent à la porte, et toujours silencieux enjoignent à Bart d'entrer, d'une légère pression entre les omoplates, alors il ferme le premier bouton de sa veste, tire sur ses manches et entre.

À l'intérieur c'est le même décor de bois clair, le blanc et la lumière qui aveugle exagérément Bart, comme si on venait de le tirer de son terrier. La salle est bondée, le public venu en nombre. À son apparition, le brouhaha a cessé, les regards ont convergé vers lui, il s'avance de quelques pas, reconnaît plusieurs visages dans l'assemblée, des agents de sécurité, du personnel de la cafétéria, des avocats, et même des prévenus aperçus dans d'autres audiences, anciennes. Bart suspend son mouvement mais le président du tribunal lui demande de s'approcher, monsieur vous êtes en retard, immédiatement appelé à la barre quand pourtant une audience semblait en cours, le box occupé par un homme hâve flanqué d'un interprète, et qu'on éconduit, la porte du fond s'ouvrant aussitôt pour l'avaler.

Le public s'est tu, Bart est maintenant à la barre, qu'il ne touche pas, préférant garder les bras le long du corps, la silhouette raide, la mâchoire close, il attend.

Le président respire bruyamment, on n'entend plus que son souffle court, Bart ne le reconnaît pas, ne l'a jamais vu, un homme rouge et phtisique, suffoquant dans sa robe. Bart sent dans son dos le silence recueilli de l'assemblée, une tension énigmatique, une suspension dont il ne sait quel sentiment la soutient, empathie ou hostilité, ou peut-être simple curiosité.

Donc, commence le juge.

Cet inflexible *donc* l'irrite aussitôt, comme si sa présence relevait d'un enchaînement logique de faits reliés les uns aux autres. Il vous est *donc* reproché d'avoir, au palais et en tout cas sur le territoire national, et depuis un temps non couvert par la prescription, vagabondé. Le vagabondage est un délit, je vous renvoie aux articles 269 et 270 de l'ancien Code pénal dans sa version en vigueur du 26 février 1810 au 1er mars 1994, dont la cour conteste l'abrogation et qu'elle entend donc ici réactiver, afin de vous juger pour ces faits de vagabondage.

Sachez que vous avez le droit de vous taire, le droit de faire des déclarations spontanées ou de répondre aux questions qui vous sont posées.

Je vous invite maintenant, et avant toutes choses, à décliner votre identité, nom, prénom, adresse, lieu de naissance, nationalité. Nous n'avons aucun élément vous concernant, vous n'êtes porteur d'aucun titre d'identité, vous avez refusé de la justifier par tous moyens, j'ai besoin de l'établir pour pouvoir vous juger, je vous le demande à nouveau, pouvez-vous décliner votre identité ?

J'aimerais mieux pas.

La voix est posée, ferme, seule la bouche a frémi, le reste du visage est demeuré impassible.

Pardon ?

J'aimerais mieux ne pas décliner mon identité.

Le tribunal est resté interdit, considérant Bart en silence, son maintien parfait, son air convenable, croyant peut-être avoir mal entendu, puis le président s'est tourné vers ses deux juges assesseurs et s'est ressaisi. Vous aimeriez mieux pas ? La voix du président avait faseyé, son ton était incertain, on l'entendait à la fois désarmé et courroucé. Comment ça ?

Comme ça.

Pourquoi refusez-vous de répondre ?

Bart regarde par-delà le président, fixant toujours ce point invisible qui le protège, l'absente. En lui rien ne bouge.

Le visage du président a maintenant perdu de sa rougeur mais il souffle de plus belle, essaye encore, tente de maîtriser la colère dans sa voix, peut-être d'amadouer le prévenu, voulez-vous au moins nous dire où vous êtes né ?

J'aimerais mieux pas.

Pouvez-vous me dire quoi que ce soit vous concernant, un détail sur votre vie, le nom de votre mère par exemple ?

J'aimerais mieux ne pas dire quoi que ce soit me concernant.

Bart, loyal à son vœu d'effacement, attaché à ne pas se distinguer, n'a aucune identité à décliner, aucune référence à donner, aucune qualité à défendre, aucune biographie à dérouler, rien à dire de lui, pourrait à la rigueur faire la liste de ses modestes possessions, une lampe frontale, un châle, une mallette à soufflets, mais cela ne mènerait nulle part et n'intéresserait pas la cour. Il pourrait raconter qu'il se nourrit très souvent de biscuits au gingembre et de café au lait, que son costume fripé le contrarie, mais un expert psychiatre en tirerait aussitôt des conclusions hâtives – prévenu maniaque, psychorigide, profil inquiétant.

Alors il se tait pour ne pas leur appartenir. S'il tâche de se déprendre de lui-même ce n'est pas pour qu'un tribunal lui mette la main dessus, le nomme.

Vous croyez échapper à la peine en gardant le silence ?

Je préfère en effet m'abstenir.

Donnez-nous une réponse, n'importe laquelle, mais une réponse.

Je préférerais ne pas donner de réponse.

Vous ne voulez pas ?

Je ne préfère pas.

Le public ne bruite pas, dans la salle surchauffée, l'air a durci comme une pâte, Bart ne varie pas, son corps ne se déplace pas d'un centimètre, aucun geste ne le trahit, le seul mouvement perceptible est cette bouche articulant sans impatience la même tonalité, les mêmes mots.

Soyez raisonnable enfin, vous avez l'air d'un homme respectable.

Je préférerais ne pas être raisonnable.

Le président du tribunal, qui s'était avancé au bord de son fauteuil, avant-bras sur le bureau, buste penché vers Bart en signe de conciliation, retombe maintenant au fond de son siège, défait, ne quittant pas le prévenu des yeux, à la recherche d'une expression à interpréter, d'un indice, frappé par cette physionomie tranquille, cet œil gris énigmatique, la blancheur émaciée de son visage, un homme désarmant, ni hostile, ni insolent, ni agressif – si seulement –, mais qui se dérobe, vous glisse entre les doigts, entre les mots, qui s'abstient mais ne fuit pas, et qui n'a même pas l'air fou.

Il ne sait pas s'il doit suspendre la séance, congédier le prévenu, le faire évacuer, ou au contraire insister, patienter, ne réussit pas à prendre de décision, paralysé par les quelques mots de Bart, empêché par la formule sans appel, sans réponse, fatale, comme par une sentence maléfique.

Avez-vous un avocat ou assurez-vous seul votre défense ?

Je préférerais ne pas me défendre.

Le public aussi s'est raidi, les souffles courts, les corps stupéfaits, tandis que le procureur et les juges assesseurs ont lâchement renoncé à tout mouvement, à toute question, et à toute solidarité, les yeux baissés, abandonnant le président du tribunal seul face au vertige.

Bart *préfère ne pas* et la possibilité même de rendre la justice est suspendue. L'espace entre la barre derrière laquelle se tient Bart et l'estrade sur laquelle se tiennent les juges est devenu une faille qui s'élargit à chaque question, à chaque relance du président du tribunal, chassant la cour dans les coulisses de son impuissance, sans violence, sans contestation, par la seule grâce d'une obstination.

Voulez-vous que nous renvoyions votre affaire afin que vous ayez le temps de préparer votre défense ?

J'aimerais autant pas.

Contestez-vous les faits qui vous sont reprochés ?

J'aimerais autant ne pas les contester.

Le président du tribunal se replie, épuisé, examinant en silence les formules de Bart, elles tournent, entre son front et l'occiput, *j'aimerais mieux pas, je préférerais ne pas, j'aimerais autant pas*, elles tombent comme la foudre, mais au ralenti, avec cette drôle de douceur résolue, elles ensorcellent, des sentences qui ne disent pourtant rien d'assuré, qui ne renvoient à rien d'autre qu'un sentiment brumeux, une intuition vague, une inquiétude sourde, ce refus lointain, à peine articulé.

Dans la salle d'audience, tout est devenu flou et incertain, personne ne sait comment réagir, ce qu'il serait bon, juste ou opportun de dire ou de faire. Bart est apaisé, la machine s'est grippée, il a suffi de quelques mots en forme de sortilège pour que les débats, les réquisitions et la défense tombent en poussière.

Bart ne flanchera pas, il a tout son temps, un temps irrémédiable, son corps n'accuse aucune lassitude, aucune agitation, ses bras sont toujours immobiles le long de son corps, tandis que le juge, vacillant, suant, mais tenace lui aussi, cherche une solution, lui qui ne connaît que les questions et les réponses, le pour et le contre, le principe du contradictoire ; il faudrait sortir de la procédure, s'adapter à la situation, improviser – user de la force physique ? le relâcher au bénéfice du doute ? le menacer ? lui tendre une feuille et un stylo pour qu'il écrive ses déclarations ? renoncer au caractère public de l'audience ? Ce serait tellement plus simple un prévenu qui accepte ou refuse, un oui franc ou un non qui claque. Ce serait tellement plus simple si Bart se révoltait, plutôt que cette béance – est-ce oui ou est-ce non ? Le juge ne sait rien faire de cette sédition muette. Si au moins il contestait l'autorité du tribunal ; elle semble défaite pourtant, sans même avoir été récusée.

Le juge implore en lui-même, il voudrait un *non*, un seul, un *non* qui pourrait être retenu contre lui – ah ! vous niez les faits ! –, une rébellion qu'on pourrait réprimer, sanctionner, mais Bart n'offrira aucune prise, ses mots, uniques et définitifs, sont comme du sable, il ne parle pas, il se tient là, observe et attend, sa bouche n'en articulera pas davantage car il n'a rien à dire, seulement à être présent.

Le public, toujours silencieux, formant une masse homogène et solidaire, un mur de béton derrière la frêle silhouette de Bart, se retient lui aussi – pas un mouvement, un crissement, pas une toux, un souffle, un froissement de tissu –, il semble avoir entendu Bart, qui nous enjoint de nous taire, de nous retirer sans nous absenter ; mais le tribunal ne saurait se taire, et le juge essaye encore, cherche à combler le vide qui se creuse, vertigineux.

Voulez-vous poser une question à la cour à défaut d'apporter des réponses ?

Je préférerais ne pas poser de question.

Aidez-nous à établir une relation avec vous.

Je préférerais ne pas établir de relation avec vous.

Jusqu'ici, quelque chose empêchait le juge d'exploser, de mettre fin à la scène, de brutaliser Bart, quelque chose le paralysait, retenait sa colère, sans doute la sidération, les quelques mots de Bart agissant comme un maléfice, et il y avait son air tenu, une forme de délicatesse chez ce prévenu, qui l'incitait à poursuivre, il s'entêtait à vouloir instaurer un dialogue, pour reprendre la main sans user de la force, mais désormais il n'y tient plus, sa face s'est empourprée de nouveau, sa respiration est redevenue sifflante, et il rompt, se met à hurler, à bout de patience et d'impuissance, arrêtez avec votre préférence, vous ne voulez pas c'est tout, votre diablerie de formule, il tape maintenant sur l'estrade du plat de la main, hors de lui, une onde a traversé le public, les corps ont tressailli, et regardez-moi dans les yeux, je vous préviens, il s'époumone, si vous ne réagissez pas immédiatement, si vous ne vous décidez pas, quelque chose sera décidé pour vous, et cela peut vous mener en prison.

J'aimerais mieux ne pas décider.

Dans l'œil gris de Bart, une étincelle a jailli, un minuscule point lumineux dans la pupille, une lueur de la taille d'une tête d'épingle, accompagnée d'une légère tension musculaire aux deux coins de la bouche, presque un sourire, son ébauche fugace. Et c'est dans ce sourire subreptice que Bart, cette fois, a chuchoté, quittant son timbre posé et ferme pour souffler *j'aimerais mieux pas*, l'assistance a tendu l'oreille en direction du mince filet de voix, le juge a crié et Bart chuchoté de plus belle, l'un a vociféré, l'autre murmuré, une voix qui s'emporte et l'autre qui fait défaut ; et dans la salle d'audience le chuchotement de Bart a résonné comme un cri à l'envers, un cri retourné qui a surpris tout autant l'auditoire, des deux côtés quelque chose s'est brisé dans le cours ordinaire de la parole.

Le président du tribunal comprend enfin que tout échange est vain, que plus aucune phrase ne s'articulera, Bart s'éloigne, s'estompe, ses chuchotis marmonnés sont une fin de non-recevoir, et le juge cette fois abdique.

Alors, d'une voix redevenue tempérée, d'un ton neutre, effaçant tout ce qui venait d'avoir lieu, il s'adresse au prévenu, le regard rivé au loin, monsieur, je retiens, vous concernant, un défaut de comparution, je considère que vous ne vous êtes pas présenté devant le tribunal malgré une citation à comparaître, la séance est suspendue, le jugement est mis en délibéré.

Personne ne bouge, la scène s'est figée, chacun restant assis et en silence, attendant peut-être un autre dénouement, un rebondissement, ou encore abasourdi par le spectacle, peinant à y croire. Sur l'estrade, les juges assesseurs, le procureur et la greffière sont eux aussi pétrifiés, tandis que le président du tribunal, seul corps en mouvement, se lève, et d'un geste affecté ôte sa robe, qu'il jette sur son épaule avant de quitter la salle d'audience par la porte du fond, lançant d'une voix théâtrale, sans se retourner : fais ce que tu dois, advienne que pourra.

Le public s'ébroue enfin, on se presse maintenant pour sortir, quitter cette salle suffocante et moite, on remonte à la surface comme après une longue apnée, une rumeur monte qui vient crever ce silence hébété, soulager les esprits, les deux mêmes policiers encadrent Bart à nouveau, il ne les a pas sentis approcher dans son dos, veuillez nous suivre, alors il les suit, sa condition le lui permet, son empreinte sur le monde est invisible, il s'abandonne à la marche des choses, sans désirs ni regrets, il n'est pas une cause mais un effet, il peut suivre les deux policiers sans crainte, sans perte, il ne laisse qu'une mallette à soufflets – tant qu'il a ses yeux gris et ses oreilles attentives, l'essentiel est conservé.

Les policiers l'escortent – une porte dans le mur du fond de la salle d'audience, un long couloir qui s'enfonce, une moquette râpeuse –, ils le mènent, sans doute en garde à vue au dépôt du palais, Bart espère qu'on lui donnera à boire, à manger, il goûtera autre chose que du café au lait et des biscuits, un sandwich et un jus de fruits peut-être, et on le débarrassera de ce costume chiffonné pour un vêtement carcéral ; on verra bien, rien ne presse, il suffit de se laisser porter et de se tenir discrètement aux aguets, alors il ne restera plus qu'à attendre la sentence – déclaré coupable –, et Bart aura pris sa part.

Cet ouvrage a été mis en pages par

<pixellence>

Imprimé en France par CPI
en décembre 2023

Dépôt légal : janvier 2024
N° d'édition : 560369-0
N° d'impression : 177381